輕鬆學文言

第六冊

哈哈星球　譯注

陳偉　繪

6

商務印書館

責任編輯　馮孟琦
裝幀設計　涂　慧　趙穎珊
排　　版　高向明
責任校對　趙會明
印　　務　龍寶祺

輕鬆學文言（第六冊）

譯　　注　哈哈星球
繪　　圖　陳　偉
出　　版　商務印書館 (香港) 有限公司
　　　　　香港筲箕灣耀興道 3 號東滙廣場 8 樓
　　　　　http://www.commercialpress.com.hk
發　　行　香港聯合書刊物流有限公司
　　　　　香港新界荃灣德士古道 220-248 號荃灣工業中心 16 樓
印　　刷　中華商務彩色印刷有限公司
　　　　　香港新界大埔汀麗路 36 號中華商務印刷大廈
版　　次　2023 年 7 月第 1 版第 1 次印刷
　　　　　© 2023 商務印書館 (香港) 有限公司
　　　　　ISBN 978 962 07 4667 3
　　　　　Printed in Hong Kong

原著為《有意思的古文課》
哈哈星球 / 譯注，陳偉 / 繪
本書由二十一世紀出版社集團有限公司授權出版

目 錄

注：帶 📖 的文章為香港教育局中國語文課程的文言文建議篇章。

諫逐客書

李斯

姓名	李斯
別稱	不詳
出生地	楚國上蔡（今河南省駐馬店市上蔡縣）
生卒年	？—公元前 208 年

法律專家 👍👍👍👍👍

主張實行郡縣制，參與制定統一車軌、文字、度量衡等的制度

最強大腦 👍👍👍👍👍

在秦滅六國事業中發揮重要作用

書法家 👍👍👍👍

被稱為書法鼻祖

別讓他們走

一念天堂，一念地獄

他是楚國人，在秦國建功立業。

他是秦國智庫中的核心人物，為秦滅六國立下汗馬功勞，其政治主張，奠定了中國兩千多年封建專制的基本格局。在秦國朝廷中，他是為數不多的文學家，曾用一封信，反客為主，令他國「間諜」變成為國之棟樑。

他是李斯。

李斯和韓非同門，關係要好，一塊兒拜荀子為師。學成後，兩人都到了秦國。不同的是，李斯為滅韓出謀劃策，韓非為救韓想盡辦法。秦王下令處死韓非，李斯派人到獄中，把毒藥放入酒裏，韓非一飲而盡。有人説李斯不願意看韓非受車裂之苦，有人説李斯落井下石……眾説紛紜，而真相則灰飛煙滅。

一念天堂，一念地獄。你覺得哪個李斯才是真正的他？

① 臣聞吏議逐客，竊 以為過矣。昔

mù
繆公求士，西取由余於戎 ，東得百

yuān　jiǎn　　　　　　　　pī
里奚於宛，迎蹇叔於宋，來 丕豹、公

孫支於晉。此五子者，不產於秦，而繆公用

之，併 國二十，遂霸西戎。

繆公：即秦穆公。　　**戎：**古代對西部各少數民族的稱呼。　　**來：**招致、招攬。
併：兼併，吞併。

①　　我聽說官吏們在商量驅逐客卿，（我）私下認為（這）是錯誤的。過去秦穆公招納有才幹的人，在西邊從戎地收用了由余，在東邊從宛地聘到了百里奚，從宋國迎來了蹇叔，從晉國招來了丕豹和公孫支。這五位先生，都不是出生在秦國的，但是穆公重用他們，吞併了二十個小國，於是稱霸於西戎之地。

日益精進

秦穆公

　　春秋時期政治家，秦國第九位國君，「春秋五霸」之一。秦穆公在位期間，勵精圖治，廣招人才，開疆拓土，對秦國的發展和古代西部的民族融合都作出了重要貢獻。

孝公用商 鞅（yāng）之法，移風易俗，民以殷（yīn）盛 ，國以富強，百姓樂用 ，諸侯親服，獲楚、魏之師，舉 地千里，至今治強 。惠王用張儀之計，拔  三川之地，西併巴、蜀，北收上郡，南取漢中，包  九夷，制鄢（yān）、郢（yǐng），東據成皋（gāo）之險，割膏腴（yú）之壤，遂散六國之 從（zòng），使之西面事秦，功施（yì）到今。

舉：攻克，占領。　**治強**：安定強盛。治，社會安定。　**拔**：攻取。　**包**：吞併，囊括。
從：同「縱」，合縱連橫的「縱」。　**施**：延續。

秦孝公實行商鞅的新法，改變舊的風俗習慣，人民因此殷實富裕，國家因此富強，老百姓樂於為國家效力，各國諸侯都歸附聽命，（秦國）戰勝了楚、魏兩國的軍隊，攻佔了上千里的土地，至今安定強盛。秦惠王採用張儀的計策，攻取了三川之地，向西兼併了巴、蜀兩國，向北獲得了上郡，向南取得了漢中，吞併了九夷之地，控制了楚國的鄢、郢之地，在東面佔有了成皋這樣的要隘，割取了（別國）肥沃的土地，於是拆散了六國結成的合縱聯盟，使它們向西侍奉秦國，功績延續到今天。

日 益 精 進

商鞅變法

　　戰國時期秦孝公即位以後，決心改革圖強，便下令招賢。商鞅自魏國入秦，並提出了「廢井田、開阡陌，實行郡縣制，獎勵耕織和戰鬥，實行連坐之法」等一整套變法求新的發展策略，深得秦孝公的信任。經過商鞅變法，秦國經濟得到發展，軍隊戰鬥力不斷加強，發展成為戰國後期最富強的集權國家。

昭王得范雎^{jū}，廢穰^{rǎng}侯，逐華陽，強**公室**，杜私門，蠶食諸侯，使秦成帝業。此四君者，皆以客之功。由此觀之，客何負於秦哉！**向使**四君卻客而不內，疏士而不用，是使國無富利之實而秦無強大之名也。

公室：王室。　**杜**：堵塞、封閉。　**私門**：對公室而言，指權貴大臣之家。　**向使**：假使

秦昭王任用范雎，罷免穰侯，驅逐華陽君，加強了王室（的權力），抑制了豪門貴族（的勢力），一步步侵佔諸侯各國，使秦國成就帝王的基業。這四位國君（的大業），都是依靠客卿的功勞。由此看來，客卿有甚麼對不起秦國的地方呢！假使這四位君王拒絕賓客而不接納，疏遠這些賢士而不加任用，這就會使國家沒有富強豐厚的實力，而秦國也不會有強大的威名了。

日 益 精 進

范雎、穰侯、華陽

　　范雎是戰國時魏國人，效力於秦國昭襄王，指出昭襄王的母親宣太后濫用權貴，將危及秦昭襄王的統治。秦昭襄王於是下令廢宣太后，將宣太后同母弟穰侯、掌握國政的華陽君等貴戚放逐到關外，並拜范雎為相。

2 今陛下致崑山之玉，有隨、和之寶，

xiān lí

垂明月　之珠，服太阿　之劍，乘纖離

tuó

之馬，建翠鳳之旗，樹靈鼉

之鼓。此數寶者，秦不生一焉，而

yuè

陛下説之，何也？

明月：寶珠名。　**服**：佩帶。　**太阿**：古代名劍。　**纖離**：駿馬名。　**靈鼉**：揚子鱷。

　　現在陛下獲得了崑崙山的美玉，擁有隨侯珠、和氏璧這樣的寶物，懸掛着明月寶珠，佩帶着太阿劍，騎着纖離駿馬，樹起以翠羽裝飾的鳳形旗幟，陳設着鱷魚皮製作的大鼓。這幾件寶貝，秦國一個都不出產，但是陛下非常喜歡，為甚麼呢？

日益精進

隨珠和璧

　　成語，為隨侯珠與和氏璧的並稱，泛指珍寶或珍寶中的上品，也說「隨珠荊玉」。

必秦國之所生然後可,則是夜光之璧不飾

朝廷,犀象之器不為**玩好** ,鄭、衛

之女不充後宮,而駿良**駃騠**（jué tí） 不實

外廄（jiù）,江南金錫不為用,西蜀**丹** 青

 不為採。

玩好:供玩賞的寶物。　　**駃騠**:駿馬名。　　**丹**:丹砂,可以製成紅色顏料。
青:青䨣(huò),可以製成青黑色顏料。

（如果）必須是秦國出產的東西才能使用，那麼這夜光璧就不該裝飾在朝堂裏，犀牛角、象牙製成的器具就不能成為供（您）玩賞的寶物，鄭國、衛國的美女就不會充滿後宮，駃騠駿馬就不會養在（您的）馬舍，江南出產的金錫不能用，蜀地出產的丹青顏料也不能取。

丹青

　　丹、青本是兩種可作顏料的礦物。古代繪畫常用朱紅色和青色兩種顏色，因此「丹青」成為繪畫藝術的代稱。丹青比植物性顏料保存時間長，不易褪色，因此又常用來比喻堅貞，如「丹青不渝」。

所以飾後宮、充**下陳**、娛心意、說耳目者，

必出於秦然後可，則是宛珠之簪、**傅**璣之珥

、阿縞之衣、錦繡之飾不進於

前，而隨俗雅化**佳冶**窈窕

趙女不立於側也。夫擊甕叩缶

，彈箏**搏**髀，而歌呼嗚嗚快

耳者，真秦之聲也；《鄭》《衞》《桑間》，《昭》

《虞》《武》《象》者，異國之樂也。

下陳：古代殿堂下放置禮品、站列婢妾的地方。　**傅**：附着、加上。　**佳冶**：嬌美妖冶。
搏：擊打、拍打。

（如果）用來裝飾後宮、充當堂下的侍妾，（使您）賞心快意、愉悅耳目的，定要秦國出產的才行，那麼這嵌有宛地出產寶珠的髮簪、綴着珠子的耳飾、東阿所產的細絹做的衣服、錦緞繡成的飾物都不能進獻在您面前，嫻雅變化而能隨俗、嬌美妖冶、窈窕美麗的趙國美女也不會在您身旁侍立着。敲擊甕、缶來奏樂，彈着秦箏，拍打大腿以應和節拍，嗚嗚呀呀地高唱來使耳朵愉悅的，（才是）真正的秦國音樂；鄭國、衛國一帶的樂曲以及桑間新調等，《昭》《虞》《武》《象》等古樂，（都是）別國的音樂。

🕖益精進

中國古代十大名劍

　　按照較為常見的說法，中國古代十大名劍分別為軒轅、湛盧、赤霄、太阿、龍淵、干將、鎮鋣（mò yé）、魚腸、純鈞、承影。關於它們的記載，多見於古籍和上古傳說。

今棄擊甕叩缶而就《鄭》《衞》，退彈箏而取

《昭》《虞》，若是者何也？快意當前，**適觀**

而已矣。今取人則不然，不問可

否，不論曲直，非秦者去，為客者逐

。然則是所重者在乎色、樂、珠玉，而

所輕者在乎**人民**也。此非所以跨海內、制諸

侯之術也。

適觀：適於觀聽。　**人民**：和下文的「眾庶」，都是百姓的意思。

如今拋棄敲擊甕、缶奏樂，而採用鄭國、衛國一帶的樂曲，摒棄彈箏而採用《昭》《虞》等古樂，像這樣做是為甚麼呢？（還不是因為能讓）當時心情愉快，適於觀聽罷了。現在用人卻不是這樣，不問行不行，不論是非曲直，不是秦國人都讓（他們）離開，凡是客卿一律趕走。既然這樣，那麼這看重的只是美色、音樂、珠寶、玉器，而輕視的是百姓。這不是能夠統一天下、制服諸侯的策略。

日益精進

中國古代名馬

　　赤兔馬，相傳為呂布、關羽等人的坐騎，身體呈大紅色，勇猛非常。據說赤兔馬也和關羽一樣忠義，關羽死後便絕食而死。的盧馬，劉備的坐騎，因背劉備越過數丈寬的檀溪而聞名。南宋詞人辛棄疾《破陣子·為陳同甫賦壯詞以寄之》中的「馬作的盧飛快」一句便寫出了的盧馬奔跑如飛的特點，也進一步擴大了「的盧」的知名度。

3 臣聞地廣者粟多 ，國大者人眾，兵強則士勇。是以太山不讓土壤，故能成其大；河海不擇細流，故能就其深；王者不卻眾庶，故能明其德。是以地無四方，民無異國，四時充美，鬼神降福，此五帝三王之所以無敵也。

擇：同「釋」，捨棄。 卻：推辭，拒絕。 充：豐裕，繁盛。

　　我聽說，土地廣的糧食就充足，國家大的人口就眾多，武器精良士兵就勇敢。因此，泰山不推辭任何土壤，所以能成就它的高大；河海不捨棄細小的水流，所以能成就它的深廣；君王不拒絕民眾，所以能顯示他的恩德。因此土地不分東西南北，人不分本國別國，（那麼）四季就會富足美滿，鬼神都來降福，這正是五帝三王無敵於天下的原因。

日益精進

五帝三王

　　五帝，按《史記‧五帝本紀》中記載的是指黃帝、顓頊（zhuān xū）、帝嚳（kù）、唐堯、虞舜。三王，指夏、商、周三代開國君主，即夏禹、商湯和周武王。

今乃棄黔^{qián}首以資敵國，卻賓

客以業諸侯，使天下之士退而不敢

西向，裹足不入秦，此所謂「藉^{jiè}寇兵

而賷^{jī}盜糧」者也。

黔首：指平民、老百姓。黔，黑。平民百姓以黑巾覆頭，故稱「黔首」。

資：資助，供給。　**業**：使成就霸業。　**藉**：同「借」。　**賷**：送給、付與。

（然而我們）今天卻拋棄老百姓去幫助敵國，拒絕賓客使之去成就其他國家的霸業，使天下才士都退縮着而不敢向西來，止步不入秦國，這正是所謂「給敵人提供武器和糧食」啊。

日益精進

中國古代對百姓的稱謂

　　中國古代對百姓的稱謂有很多，如「人民」「黔首」「百姓」「黎民」「布衣」「白丁」「庶民」等。

④ 　夫物不產於秦，可寶者多；士不產於

秦，而**願忠者** 眾。今逐客以資敵國，

損民以益仇，內自虛而外**樹怨** 於諸

侯，求國無危，不可得也。

願忠者：願意效忠的人。　**樹怨**：結怨。

　　物品不出產在秦國，但值得珍視的有很多；人才不出生在秦國，但願意效忠（秦國）的也很多。現在驅逐客卿以幫助敵國，減損本國民眾而增加敵國人口，對內是削弱了自己的國家，對外是在諸侯中結怨，（這樣下去）要使秦國沒有危險，是不可能的。

日益精進

諫

　　規勸君主、尊長或朋友，使之改正錯誤和過失。一般用於下對上。

秦之文章，李斯一人而已．
　　　　　　——魯迅

普通話朗讀

報任安書

司馬遷

姓名	司馬遷
別稱	字子長
出生地	龍門（今山西省河津市西北 或說陝西省韓城市東北）
生卒年	公元前 145 年 / 公元前 135 年— 不可考

漢代

史學天才 👍👍👍👍👍

《史記》為中國第一部紀傳體通史，位列「二十四史」之首

文學大咖 👍👍👍👍👍

魯迅讚《史記》為「史家之絕唱，無韻之《離騷》」

天文愛好者 👍👍👍

天文學家，參與制定《漢曆》，著《天官書》

旅行達人 👍👍👍

二十歲開始周遊天下，結交豪傑

雖受辱……但無怨無悔

我不能就這樣離去

千里傳音，見字如面。

可公元前 93 年的一封信卻沒有這般溫柔。彼時的寫信人司馬遷正在著《史記》，同時也在被一個終極命題所累：是活着，還是死去。

寫給任安，請他原諒自己，沒能為將赴刑場的摯友求情，只怪自己同樣命如草芥，身不由己。寫給漢武帝，一封無聲的宣戰書：帝王的政治輝煌稍縱即逝，人的肉體也可以被權力摧毀，但一部書的歷史將永垂不朽。寫給世人，人固有一死，或重於泰山，或輕於鴻毛，「以不死殉道」，是真正的英雄主義。寫給自己，專制的皇權向來蔑視知識分子，可你要自己看得起自己。

所以任安，對不起，我現在只想寫完這部書，我還不能就這樣離去。

❶ 太史公**牛馬走** 司馬遷再拜言，少

卿足下：**曩者** 辱賜書，教以慎於

接物，推賢進士為務。意氣勤勤懇懇，若**望**

僕不相師，而用流俗人之言。僕非敢如

此也。僕雖**罷** **駑** ，亦嘗側聞長

者之遺風矣。顧自以為身殘處穢，動而見**尤**，

 欲益反損，是以獨抑鬱而誰與語。

牛馬走：像牛馬一樣奔走的僕人。這是司馬遷自謙的説法。　**曩者**：前些時候。
望：抱怨。　**罷**：衰弱，無能。　**駑**：劣馬。　**尤**：指責。

太史公、（願為您）做牛做馬的司馬遷再拜陳言，少卿足下：前些時候承蒙（您）給我寫信，教導（我）在待人接物上要謹慎，以推舉賢能、引薦人才為己任。言辭十分懇切誠摯，好像抱怨我沒有遵從（您的）教誨，而是追隨了世俗之人的意見。我是不敢這樣的。我雖然平庸無能，（但）也曾聽說過德高望重的前輩遺留下來的風尚。只是（我）自認為身體已遭受摧殘，又處於污濁的環境之中，每有行動便受到指責，想做點好事反而導致不好的結果，因此（我）獨自憂悶而不能向人訴說。

日益精進

太史公

　　司馬遷曾在漢武帝時期擔任太史令，所以自稱「太史公」。太史令在漢代是掌管史書和天文曆法編寫的官職。

諺曰：「誰為為之？孰令聽之？」蓋鍾子期

死，伯牙終身不復鼓琴。何則？士為知己者

用，女為說己者容。若僕大質已

虧缺矣，雖才懷隨、和，行若由、夷，終不

可以為榮，適足以見笑而自點耳。書辭宜

答，會東從上來，又迫賤事，相見

日淺，卒卒無須臾之間得竭志意。

說：同「悅」。　容：打扮。　大質：身體。　點：侮辱。

卒卒：匆忙倉促。卒，同「猝」。

俗話說：「為誰去做？教誰來聽？」鍾子期死了，伯牙便一輩子不再彈琴。為甚麼呢？賢士只為了解自己的人效力，女子只為喜愛自己的人打扮。像我（這樣的人，）身軀已經虧殘，即使擁有像隨侯珠、和氏璧（那樣好的）才能，品行像許由、伯夷（那樣高尚），終究不能把（這些）當作光榮，恰恰足以被人恥笑而自取侮辱罷了。來信本應（及時）答覆，剛巧（我）侍從皇上東巡回來，又忙於煩瑣之事，能見面的日子很少，匆匆忙忙地沒有一點時間能夠詳盡地表達心意。

日益精進

高山流水

　　伯牙善於彈琴，鍾子期善於欣賞。伯牙彈琴時心裏想着高山，鍾子期聽了，便說：「彈得真好，琴聲就像大山一樣高峻。」伯牙彈琴時心裏想着流水，鍾子期聽了，便說：「彈得真好，琴聲就像流水一樣浩蕩。」鍾子期死後，伯牙認為世上再也沒有值得他為之彈琴的人了，便把琴摔破，終身不再彈琴。後來人們用「高山流水」指知音難遇或樂曲高妙。

今少卿抱**不測之罪**，涉旬月，迫季冬，僕

又薄^{bó} 從上雍，恐卒然**不可為諱**。

是僕終已不得舒憤懣^{mèn} 以曉左右，

則長^{cháng}逝者魂魄私恨無窮。請略陳**固陋**。**闕**^{quē}

然久不**報**，**幸**勿為過 。

不測之罪：死罪的婉稱。　**薄**：迫近，臨近。　**不可為諱**：處死的婉稱。

固陋：鄙陋，謙辭。　**闕**：間隔。　**報**：覆信。　**幸**：希望。

如今您蒙受意想不到的罪禍，再過一個月，就臨近冬末了，我侍從皇上到雍縣去（的日期）也迫近了，恐怕突然之間（您）就會有不幸之事發生。那樣，我就最終也不能向您抒發胸中的憤懣，而與世長辭的靈魂會留下無窮的遺憾。請（讓我向您）略為陳述淺陋（的見解）。隔了很長的日子沒有覆信（給您），希望您不要責怪。

(日)(益)(精)(進)

季冬

　　冬季的最後一個月，即農曆十二月。依照漢律，每年農曆十二月處決囚犯。

❷

　　僕聞之：修身者，智之符也；愛施者，仁之端也；取予者，義之表也；恥辱者，勇之決也；立名者，行之極也。士有此五者，然後可以託於世，而列於君子之林矣。故禍莫憯於慾利，悲莫痛於傷心，行莫醜於辱先，詬莫大於宮刑。刑餘之人，無所比數，非一世也，所從來遠矣。

極：最高目標。　**憯**：慘毒，慘痛。　**詬**：恥辱。　**比數**：比較，類比。

34

　　我聽說：加強自身修養，是智慧的標誌；樂善好施，是仁德的開端；索取和給予（得當），是道義的體現；恥於受侮辱，是勇敢的先決條件；建立好的名聲，是德行的最高準則。士人有這五種品德，然後可以憑藉（這些）立足於社會，排在君子的行列中了。所以，沒有甚麼災禍比貪圖私利更慘了，沒有甚麼悲傷比心靈受創更痛苦了，沒有甚麼行為比使先人受辱更醜惡了，沒有甚麼恥辱比遭受宮刑更嚴重了。受過宮刑的人，無法（與常人）相提並論，並非當今之世（如此），（這種情況）由來已久了。

日益精進

避諱

　　封建時代為了維護等級制度的尊嚴，説話、寫文章時遇到君主或尊親的名字都不直接説出或寫出，叫做避諱。

昔衞靈公與雍渠同載，孔子適陳；商鞅因景監見，趙良寒心；同子參乘 ，

袁絲變色，自古而恥之。夫中材之人，事有關於宦豎 ，莫不傷氣 ，而況於慷慨之士乎！如今朝廷雖乏人，奈何令刀鋸 之餘薦天下之豪俊哉！僕賴先人緒業，得待罪輦轂 下，二十餘年矣。

適：到……去。　**同子**：指趙談，是漢文帝時的宦官。　**參乘**：陪坐在車子右面的人。參，同「驂」。　**袁絲**：是西漢的大臣，也即袁盎。　**豎**：供役使的小臣，後泛指卑賤者。
傷氣：志氣頹喪。　**輦轂**：皇帝車駕。

從前衛靈公與雍渠同坐一輛車子，孔子（感到恥辱）便（離開衛國）到陳國去；商鞅通過景監而得以謁見（秦孝公），趙良（為此）擔憂；趙談陪坐在漢文帝的車上，袁絲（為此）臉色大變。自古以來，（人們）就鄙視宦官。（就連）一般才智的人，（一旦）事情關係到宦官，沒有不感到傷心喪氣的，更何況慷慨激昂的人呢！如今朝廷雖然缺乏人才，（但）怎麼會讓一個受過刀鋸摧殘之刑的人來推薦天下的豪傑俊才呢？我靠着先父遺留下來的事業，才能夠在朝廷任職，（至今已）二十多年了。

日益精進

輦、輿、軺 (yáo)

　　這三個字在古代都指車子。「輦」原指人力拉的車，秦漢以後特指皇帝乘坐的車；「輿」原指車廂，後泛指車子，也指轎子；「軺」是指一種輕便、快速的馬車。

所以自惟，上之，不能納忠效信，

有奇策材力之譽，自結明主；次之，

又不能拾遺補闕，招賢進能，顯**巖穴之士**

；外之，不能備行伍，攻城野戰，有

斬將搴旗之功；下之，不能積日累

勞，取尊官厚祿，以為宗族交遊光寵。

四者無一遂，**苟合取容**，無所短長之

效，可見於此矣。

惟：思慮。　**巖穴之士**：隱士，在野的賢士。　**搴**：拔取。
苟合取容：苟且求合以求容身。

因此自思：對上，不能（對君王）進納忠言、獻出誠實的心意，沒有策略出眾、才能突出的美譽，以求得到皇上的賞識；其次，又不能（給皇上）拾取遺漏、補正缺失，招納賢才、推舉能人，使隱居的賢士顯露；對外，（我）不能參軍，去攻城野戰，以建立斬將拔旗的功勞；對下，（我）不能積累功勞，謀得尊貴的官職、優厚的俸祿，來為宗族和朋友爭得榮耀和寵倖。這四個方面（我）沒有哪一方面做出成績，只能苟且求合以求容身，大小建樹都沒有，從這裏就可以看出來了。

(日)(益)(精)(進)

行伍

　　舊時稱軍隊的行列，泛指軍隊。這裏的「行」「伍」都是古代軍隊編制，五人為一伍，五伍為一行。

向者，僕亦嘗廁下大夫之列，陪奉外廷末議，不以此時引綱維，盡思慮，今已虧形為掃除之隸，在闒茸之中，乃欲仰首伸眉，論列是非，不亦輕朝廷、羞當世之士邪？嗟乎！嗟乎！如僕尚何言哉！尚何言哉！

廁：忝(tiǎn)列。　闒茸：卑賤。

以前，我也曾忝列在下大夫的行列，跟在外朝官員的後面發表一些議論，沒有在那時伸張國家的法度，竭盡思慮，到現在已經身體殘廢成為打掃污穢的奴隸，處在地位卑賤的人的行列當中，還想昂首揚眉，評論是非，不也是輕視朝廷、羞辱當今的士人嗎？唉！唉！像我這樣的人還能說甚麼呀！還能說甚麼呀！

(日)(益)(精)(進)

綱維

　　「維」的本意是繫物的大繩子，引申為對事物起重要作用的東西，常與「綱」連用，指國家的法度。

③ 且事本末未易明也。僕少負**不羈**之

才, 長^{zhǎng} 無**鄉曲**^{qū}之譽，主上幸以先人之故，

使得**奏** **薄伎**，出入周衞之中。僕以為

戴盆何以**望天**，故絕賓客之**知** ，亡室

家之業，日夜思竭其不肖之才力，務一心營

職，以求親媚於主上。而事乃有大謬不然者。

不羈：不受約束。　**鄉曲**：鄉里。　**奏**：貢獻。　**薄伎**：小技藝。
戴盆、望天：指無法同時實現的一對矛盾，即專心公職，便無暇私交。
知：同「智」，才智。

而且，事情的前因後果（一般人）是不容易弄明白的。我年少時自恃有不受約束的才華，長大後（卻）沒有得到鄉里的讚譽，幸虧皇上因為（我）父親的緣故，使（我）能夠獲得奉獻微薄才能的機會，出入宮禁之中。我認為頭上頂着盆子怎麼能望天，所以斷絕了與賓客的來往，忘掉了家庭的事務，日夜都在考慮竭盡自己微不足道的才幹和能力，專心供職，以求得皇上的信任和賞識。但是事情完全不是原先所料想的那樣。

日益精進

鄉曲之譽

　　漢代的選官制度主要是察舉制度，即中央和地方的各級主管官員選取民間的出眾人才，向中央和地方各級政府推薦，經過一定形式的考察後，擇優錄用，授予官職。「孝廉」就是察舉常科中的主要科目。

④　　夫僕與李陵俱居門下，素非能相善也，

趨 捨異路 ，未嘗銜杯酒 、

接殷勤之餘歡。然僕觀其為人，自守奇士，

事親孝，與士信，臨財廉，取與義，分別有

讓，恭 儉下人，常思奮不顧身以**殉**

國家之急。其素所蓄積也，僕以為有

國士之風。夫人臣出萬死不顧一生之計，赴

公家之難，斯已奇矣。

殉：為某種目的而死。　**國士**：國內推重的人才。

　　我和李陵都在門下做官，向來並沒有多少交往，追求和反對的也不相同，從不曾在一起舉杯飲酒、互相表示友好的感情。但是我觀察李陵的為人，的確是個守節操的不平常之人，（他）侍奉父母講孝道，同朋友交往守信用，遇到錢財之事很廉潔，或取或予都合乎禮義，懂得按長幼尊卑謙讓有禮，恭敬謙卑自甘人下，總是考慮着奮不顧身來赴國家的急難。（看）他平常所養成的品德，我認為有國士的風度。為人臣子能出於萬死而不求一生的考慮，奔赴國家的危難，這已經是很難能可貴的了。

日益精進

門下
　　侍中（官職名）工作的官署，後世稱為「門下省」。

今舉事一不當，而全軀保妻子之臣隨而媒

niè

蘖  其短，僕誠私心痛之。且李陵提

步卒 不滿五千，深踐戎馬之地，足

歷王庭，垂餌虎口 ，橫挑強胡，仰

億萬之師，與單于連戰十有餘日，所殺過**當**

，虜救死扶傷**不給**。

媒蘖：釀成其罪，構陷他人。 **當**：相當。這裏指敵方兵員數和己方的兵員數相當。
不給：來不及。

現在他行事一有不當，而那些只顧保全自己性命和妻子兒女的臣子，便跟着誇大他的過錯，釀成其罪，我確實從內心感到沉痛。況且李陵帶領的兵卒不滿五千，深入敵人軍事要地，到達單于的王廷，（這就）好像在老虎口上垂掛誘餌，強行向強大的胡軍挑戰，仰攻億萬敵兵，同單于連續作戰十多天，所殺的敵人超過了自己軍隊損失的人數，使得敵人連救死扶傷都來不及了。

日益精進

李陵

　　字少卿，西漢名將李廣的孫子，年輕時擔任侍中、建章監，對人有仁愛之心，謙讓下士，名聲很好。漢武帝天漢二年（公元前 99 年）貳師將軍李廣利出擊匈奴時，李陵請率步卒五千自成一軍出擊，在浚稽山被單于的主力部隊包圍。李陵雖率軍力戰，終因糧盡矢絕、救援不繼而投降。

zhān

旃裘 之君長咸震怖，乃悉徵其左

右賢王，舉引弓之人，一國共攻而圍之。轉

鬥千里，矢盡道窮，救兵不至，士卒死傷如

積。然陵一呼勞軍，士無不起，躬自流涕，

huì

沫 血飲泣，更張空 quān 弮 ，冒白

刃，北向爭死敵者。

旃裘：毛氈、皮裘，代指匈奴人。旃，同「氈」。　**沫**：以手掬水洗臉。　**弮**：弓弩。

匈奴的君長都十分震驚，感到懼怕，於是就徵調左、右賢王（的軍隊），出動了所有會拉弓射箭的人，舉全國之軍共同攻打李陵並包圍他。（李陵）轉戰千里，箭都射完了，進退之路已經斷絕，救兵不來，士兵死傷成堆。但是，只要李陵振臂一呼、鼓舞士氣，兵士沒有不奮起的，他們流着眼泪，一個個血流滿面，泪流入口，又拉開空的弓弦，冒着白光閃閃的刀鋒，爭着向北拼死殺敵。

日益精進

左、右賢王

僅次於單于的匈奴軍事首領。

⑤ 陵未沒時，使有來報，漢公卿王侯皆奉

觴上壽  。後數日，陵敗書聞，主上為

之食不甘味，聽朝不怡。大臣憂懼，不知所

出。僕竊不自料其卑賤，見主上慘 愴 怛

chuàng dá

悼，誠欲效其款款 之愚。

dào

以為李陵素與士大夫絕甘 分少

 ，能得人之死力，雖古之名將，

不能過也。

上壽：祝賀。　**怛**：悲痛。　**款款**：忠誠的樣子。　**絕甘**：捨棄甘美的食品。

分少：少量的東西也與人共享。

　　當李陵（的軍隊）尚未覆沒的時候，使者曾（給朝廷）送來捷報，朝廷的公卿王侯都舉杯慶賀。幾天以後，李陵兵敗的奏書傳來，皇上為此吃東西沒滋味，處理朝政也不高興。大臣們都很憂慮、害怕，不知如何是好。我私下裏並未考慮自己的卑賤，見皇上悲傷痛心，實在想奉獻誠懇的愚昧見解。（我）認為李陵向來對將士們（優厚），（他）不吃好吃的食物，把僅存的少量物品分給別人，（因此）能夠換得士兵們的拼死效力，即使是古代名將，（恐怕）也不能超過（他）。

日益精進

食不甘味

　　成語，出自《戰國策・楚策一》，形容心裏有事，吃東西都不知道它的美好滋味。

身雖陷敗，彼觀其意，且欲得其當而報於漢。事已無可奈何，其所摧敗，功亦足以暴於天下矣。僕懷欲陳之，而未有路，適會召問，即以此指推言陵之功，欲以廣主上之意，塞睚眥（sè yá zì）之辭。未能盡明，明主不曉，以為僕沮貳師，而為李陵遊說，遂下於理。拳拳之忠，終不能自列，因為誣上，卒從吏議。

睚眥：怒目而視，比喻憤怒。　**沮**：詆毀。　**理**：法庭。　**拳拳**：誠懇，懇切。
列：陳述、辯解。

他雖然身陷重圍、兵敗投降，但看他的意思，是想尋找機會報效漢朝。事情已經到了無可奈何的地步，（但）他打敗過敵軍，功勞也足以昭示天下了。我想把內心的想法（向皇上）陳述，卻沒有適當的機會，恰逢皇上召見詢問，（我）就根據這些意見來論述李陵的功勞，想以（此）寬慰皇上的胸懷，堵塞那些怨懟（李陵）的言論。（我）沒有完全說清（我的意思），聖明的君主沒能深入了解，認為我是在詆毀貳師將軍，而為李陵辯解，於是（將我）交付法庭（問罪）。（我的）虔敬和忠誠的心意，終歸沒有機會為自己辯白，因而被判了誣上的罪名，最總執法官吏的判決被聽從採納了。

日 益 精 進

大理寺

古代官署名，從南北朝到清代均有設置。它是中央審判機關，專門負責審核刑獄案件，相當於現在的最高人民法院。

家貧，貨賂不足以自贖，交遊莫救視，

左右親近不為一言。身非木石，獨與法吏

為伍，深幽圄圇之中，誰可告^{sù}愬

者！此真少卿所親見，僕行事豈不

然乎？李陵既生降，穨其家聲，而僕又^{èr}佴

之蠶室，重為天下觀笑。悲夫！悲夫！

事未易一二為俗人言也。

圄圇：監牢。　愬：告訴。　佴：居。

我家境貧寒，錢財不足以拿來贖罪，朋友們也不出面營救，（皇帝）左右的親近大臣又不肯（替我）說一句話。我不是木頭和石塊，卻獨自與執法的官吏在一起，被深深地關在牢獄之中，能向誰訴說呢！這些正是您所親眼看見的，我的所作所為難道不是這樣嗎？李陵活着投降了，敗壞了他的家族的名聲，而我又被關進蠶室，更被天下人所恥笑。可悲啊！可悲啊！這些事情是不容易逐一地向俗人說明白的。

⊙ⓘ ⓝ ⓘ 日益精進

「頹其家聲」

　　《史記》是這樣描述的：「單于既得陵，素聞其家聲，及戰又壯，乃以其女妻陵而貴之。……自是之後，李氏名敗，而隴西之士居門下者皆用為恥焉。」單于早就知道李陵出身名門，作戰勇猛，就把自己的女兒嫁給李陵，給他顯貴的地位。消息傳到漢朝，李氏名聲掃地，居於李氏門下的隴西士人都感到羞恥。

6 僕之先非有剖符 、丹書

 之功，文、史、星、曆，近乎卜、祝

 之間，固主上所戲弄，倡優所畜，流

俗之所輕也。假令僕伏法受誅 ，若九牛

亡一毛，與螻蟻何以異？而世俗又不能與死

節者次比，特以為智窮罪極、不能自免、卒

就死耳。何也 ？素所自樹立使然也。

剖符：把竹符一分為二，上書同樣的誓詞，意為永保立功大臣的爵位，君臣各執一片。

丹書：用硃砂寫在鐵契上的誓詞，說明功臣子孫可以免罪。

卜、祝：執管占卜、祭祀的小官。

　　我的祖先沒有受賜剖符、丹書的功勞，（不過是執掌）文獻史料、天文曆法工作，（地位）接近於掌管占卜、祭禮的人，本是皇上所戲弄，並當作樂師、優伶來蓄養的人，是被世俗所輕視的。假如我伏法被殺，那好像是九頭牛的身上失掉一根毛，同螻蟻又有甚麼區別？而世人又不會拿我與那些為堅守節操而死的人相提並論，只會認為我是智力窮盡、罪大惡極，不能自我脫罪，而終於走向死路罷了！為甚麼（會這樣）呢？（因為）我向來所從事的職業使人們會有這樣的想法。

日 益 精 進

倡優

　　古代指擅長樂舞、雜耍的藝人。倡，表演歌舞的人。優，演雜戲的人。

人固有一死，死或重於泰山，或輕於鴻毛，

用之所趣^{qū}異也。太上不辱先，其次不辱身，

其次不辱理色，其次不辱辭令，其次詘^{qū}體

 受辱，其次易服受辱，其次關木索

、被箠^{chuí}楚　　受辱，其次剔

毛髮、嬰　金鐵受辱，其次毀

肌膚、斷肢體受辱，最下腐刑極矣！傳曰：

「刑不上大夫。」此言士節不可不勉勵也。

詘體：身體被捆綁。詘，彎曲、捲曲。　關木索：戴枷鎖，受綁縛。　被箠楚：受杖刑。
剔：剃。　嬰：環繞、纏繞鐵圈在脖子上。

人本來就有一死，有的人死得比泰山還重，有的人死得卻比鴻毛還輕，（這是因為他們）以死追求的目的不同。（一個人）最重要的是不使祖先受辱，其次是不能使身體受辱，再次是不能在道義和顏面上受辱，再次是不能在言辭上受辱，再次是身體被綁受辱，再次是穿上囚服受辱，再次是戴上木枷、遭受杖刑而受辱，再次是被剃光頭髮、頸戴鐵圈而受辱，再次是被毀壞肌膚、截斷肢體而受辱，最下等的就是受宮刑了，受侮辱到了極點！古書說：「刑罰不能施加於大夫以上的人。」這句話的意思是說，士大夫的氣節不可不勉力自勵啊。

(日)(益)(精)(進)

九牛一毛

　　成語，比喻極大的數量中微不足道的一部分。

猛虎在深山，百獸震恐，及在檻 穽 jiàn jǐng

之中，搖尾而求食，積威約之漸也。故士有

畫地為牢，勢不可入；削木為吏，議不可

對，定計於鮮也。今交手足，受木索，暴肌

膚，受榜箠，幽於 圜 牆 yuán  之中，當

此之時，見獄吏則頭搶地，視徒隸則心惕息

 。何者？積威約之勢也。及以至是，

言不辱者，所謂強顏耳，曷足貴乎！

檻穽：捕捉野獸的工具、陷阱。　圜牆：監獄。　惕息：心驚膽戰。

猛虎在深山之中，百獸感到震恐，等到落入陷阱、獸籠之中時，（牠就只得）搖着尾巴乞求食物，（這是因為人）長期以來使用威力和約束逐漸使牠馴服。所以士人看見地上畫圓圈當作監牢也絕不進入，面對削木而成的假獄吏也絕不能接受它的審訊，態度鮮明地決定在受辱前就自殺。（但）現在（我的）手腳捆在一起，被木枷鎖住、繩索捆綁，皮肉暴露在外，受着棍打和鞭笞，關在牢獄之中，在這種時候，（我）看見獄吏就叩頭觸地，看見牢卒就恐懼喘息。為甚麼呢？（這是）長期的威逼約束所造成的。已經到了這種地步，再談甚麼不受侮辱，就是人們說的厚臉皮了，有甚麼可讚揚呀！

日益精進

畫地為牢

　　成語，在地上畫一個圈兒當作監獄，比喻只許在指定的範圍之內活動。

7 且西伯，伯也，拘於羑里；李斯，相也，

具於五刑 ；淮陰，王也，受械於陳；

彭越、張敖，南面稱孤，繫獄抵罪；絳侯

誅諸呂，權傾五伯，囚於請室；魏其，大將

也，**衣赭衣** ，關三木；季布為朱家**鉗奴**

；灌夫受辱於居室，此人皆身至王侯將

相，聲聞鄰國，及罪至 **罔**  加，不能

引決自裁 ，在塵埃之中。

衣赭衣：穿着囚衣。　**鉗奴**：以鐵圈套頸並薙髮的奴隸。　**罔**：網，法網。

　　況且，西伯是諸侯的領袖，被拘禁在羑里；李斯，是丞相，受盡了五刑；淮陰侯，被封為王，在陳地被戴上刑具；彭越、張敖，南面稱王，被捕入獄並定下罪名；絳侯誅殺諸呂，權勢超過春秋五霸，被囚禁在請室中；魏其侯，是一員大將，穿上了赭色的囚衣，手、腳、頸項都套上了刑具；季布（賣身）給朱家當了鉗奴；灌夫被拘於居室而受屈辱。這些人都位列王侯將相，聲名傳揚到鄰國，等到犯了罪落入法網，不能夠下決心自殺，（結果）落入塵埃之中。

日益精進

古代監獄的一些別稱（上）

　　縲絏：捆綁犯人的繩索，借指牢獄。

　　叢棘：古時囚禁犯人的地方，四周用荊棘堵塞，以防犯人逃跑。

古今一體，安在其不辱也？由此言之，勇怯，勢也；強弱，形也。審矣，何足怪乎？夫人不能早自裁繩墨之外，以**稍陵遲**，至於鞭箠之間，乃欲引節，斯不亦遠乎！古人所以重施刑於大夫者，殆為此也。夫人情莫不貪生惡死，念父母，顧妻子，至激於義理者不然，乃有所不得已也。今僕不幸早失父母，無兄弟之親，獨身孤立，少卿視僕於妻子何如哉？

審：清楚，明白。　稍：逐漸。　陵遲：衰落。

古今都是一樣的，哪裏能不受辱呢？照這樣說來，勇敢或怯懦，乃是形勢所造成的；堅強或懦弱，也是形勢所決定的。這是很清楚明白的事了，有甚麼奇怪的呢？人不能早一點在被法律制裁之前就自殺，以致漸漸地衰敗，到了被杖打鞭抽的時候，才想到為氣節而死，這不是太晚了嗎？古人之所以慎重地對大夫用刑，大概就是因為這個。人之常情，沒有誰不貪生怕死，都掛念父母，顧慮妻子兒女，至於那些激憤於正義公理的人就不是這樣了，他們有迫不得已的情況。如今我很不幸，早早地失去雙親，又沒有兄弟互相愛護，獨身一人孤立於世，你看我對妻子兒女又怎樣呢？

日益精進

古代監獄的一些別稱（下）

圜土：夏、商、周三代監獄的通稱。當時監獄多為圓形土牢。

狴犴（bì àn）：古代神話傳說中的神獸，龍的第七子（另說第四子），形似虎，好訟，威風凜凜，古代常把牠的形象畫在牢獄的門上，所以借指監獄。

且勇者不必死節，怯夫慕義，何處不勉焉！

僕雖怯懦欲苟活，亦頗識去就之分矣，何至

自沉溺縲絏  之辱哉！且夫臧獲

 婢妾猶能引決，況僕之不得已乎！所以

隱忍苟活，幽於糞土之中而不辭者，恨私心

有所不盡，鄙陋沒世 而文采不表

於後也。

縲絏：綁囚犯的繩索。引申為囚禁。　臧獲：奴婢。　沒世：到死。

而且一個勇敢的人不一定要為名節去死，怯懦的人（如果）仰慕大義，哪裏找不到可以勉勵自己的人呢！我雖然怯懦，想苟活在人世，但也稍微懂得區分棄生就死的界限，哪至於自甘沉溺於牢獄生活而受辱呢！再說奴隸婢妾尚且能夠下決心自殺，何況像我到了不得已的地步！（我）之所以忍受着屈辱苟且活下來，陷在污濁的監獄之中卻不肯死，是遺憾內心的志願有未達到的，如果屈辱離世了，文章就不能流傳於後世。

日益精進

士可殺不可辱

　　語出《禮記・儒行》：「儒有可親而不可劫也，可近而不可迫也，可殺而不可辱也。」意思是士寧願死，也不願受屈辱。

⑧ 古者富貴而名磨滅，不可勝記，唯倜

儻  非常之人稱焉。蓋文王拘而演《周

易》；仲尼厄 而作《春秋》；屈原放

逐 ，乃賦《離騷》；左丘失明，厥有

《國語》；孫子臏腳，兵法修列；不韋遷蜀，

世傳《呂覽》；韓非囚秦，《説 難》《孤憤》；

《詩》三百篇，大底賢聖發憤之所為作也。

倜儻：卓越豪邁。　稱：被頌揚。　演：推演。　厄：困厄。

　　古時候雖富貴但名字被磨滅的人，多得數不清，只有卓越豪邁、不同凡響的人才能被頌揚。周文王被拘禁而推演出《周易》；孔子受困厄而作《春秋》；屈原被放逐，才寫了《離騷》；左丘明雙目失明，才有了《國語》；孫臏被剜去膝蓋骨，兵法才被撰寫出來；呂不韋被貶謫蜀地，後世才流傳着《呂覽》；韓非被囚禁在秦國，寫出了《說難》《孤憤》；《詩》三百篇，大都是聖賢們抒發憤慨而作的。

日益精進

「發憤著書」說

　　屈原《九章・惜誦》有「發憤以抒情」，《淮南子・齊俗訓》也有「憤於中而形於外」之語。司馬遷繼承了這些說法，並根據自身的遭遇提出了「發憤著書」說。司馬遷認為，歷史上的很多優秀作品都是由於作者在社會生活中遭遇到重大不幸，「意有所鬱結，不得通其道」，「發憤之所為作」。這一觀點在中國文學史上影響很大。

此人皆意有所鬱結，不得通其道，故述往

事，思來者。乃如左丘無目，孫子斷足，

終不可用，退而論書策以舒其憤，思**垂**

 空文以自見。僕竊不遜 ，近自

託於無能之辭，網羅天下放失舊聞，略考其

事，綜其終始，**稽** 其成敗興壞之紀，

上計軒轅，下至於茲，為十表、本紀十二、

書八章、世家三十、列傳七十，凡百三十篇。

垂：留。　**稽**：考察。

這些人都是（因為）感情有壓抑鬱結不解的地方，不能實現其理想，所以記述過去的事跡，讓將來的人了解（他的志向）。就像左丘明沒有了視力，孫臏斷了雙腳，終生不能被人重用，便退隱著書立說來抒發他們的怨憤，想留下文章來表達自己的思想。我私下裏也自不量力，近來用我那不高明的文辭，收集天下散失的歷史傳聞，粗略地考訂其真實性，綜述其事實的本末，考察其成敗盛衰的道理，上自黃帝，下至於當今，寫成十篇表、十二篇本紀、八篇書、三十篇世家、七十篇列傳，一共一百三十篇。

日益精進

史官

　　古有史官。舊說周代太史掌文史星曆，還兼管國家圖書。秦漢時，有太史、太卜、太祝。魏晉南北朝，設專職史官，一般稱為著作郎。唐代設史館，由宰相監修國史。宋代的史館分為國史院、實錄院等機構，各有史職。到了明代，史官雖併入了翰林院，但仍沿用過去的官號。

亦欲以究天地之際，通古今之變，成一家之

言。草創未就，會遭此禍，惜其不成，是以

就極刑而無慍色 。僕誠已著此書，

藏之名山，傳之其人、通邑大都，則僕償前

辱之責 ，雖萬被戮，豈有悔哉！

然此可為智者道，難為俗人言也。

慍：怨怒。　責：同「債」。

也是想用來探求天道與人事之間的關係，通曉古往今來的變化，建立自成一家的言論。剛開始進行還沒有成書，(就) 恰恰遭遇到這場災禍，(我) 痛惜這部書不能完成，因此受到最殘酷的刑罰也沒有怨怒之色。我 (如果) 確實能完成這本書，把它 (暫時) 藏在名山之中，(以後再) 傳給跟自己志同道合的人，(然後流傳於) 四通八達的大城市，那麼，我之前受辱的債便抵償了，即使被殺萬次，哪裏還會後悔呀！然而，這些只能向有見識的人訴説，很難向世俗之人講清楚啊！

日 益 精 進

草創未就

　　成語，意思是剛開始做，尚未完成。

9 且**負下**未易居，**下流**   多

謗議。僕以口語遇遭此禍，重為鄉黨所戮

笑。以侮辱先人，亦何面目復上父母之丘墓

乎？雖累百世，垢彌甚耳！是以腸一日而九

回，居則忽忽若有所亡，出則不知其所往。

每念斯恥，汗未嘗不發背沾衣也！身直為

gé
閨閣之臣 ，寧得自引**深藏巖穴**

 邪？

負下：指負侮辱之名。　**下流**：地位低下。　**閨閣之臣**：宦官。　**深藏巖穴**：指隱居。

　　況且背負了侮辱之名（的人）是很不容易安生的，地位卑賤（的人）往往被人誹謗和議論。我因為進言而遭遇這場大禍，更被家鄉的人恥笑。侮辱了祖宗，還有甚麼顏面再到父母的墳墓上（去祭掃）呢？即使是到百代之後，這恥辱也只會更加深重啊！因此（我的愁緒）在腸子裏每日多次回轉，（我）坐在家中精神恍恍惚惚好像丟失了甚麼，出門則不知道往哪兒走。每當想到這件恥辱的事，汗沒有不從脊背上冒出來而沾濕衣襟的！我只是宮中的宦官，怎麼能夠自己引退，深深地在山林巖穴隱居呢？

日 益 精 進

古代殯葬儀式

　　古代貴族士大夫死後有「斂」（殮）的儀式，即給屍體裹上衣衾，裝進棺材。入殮後，停喪待葬叫做「殯」（bìn），所謂出殯，就是把靈柩送到埋葬的地方去。

故且從俗浮沉，與時俯仰，以通其狂惑。今

少卿乃教以推賢進士，無乃與僕私心剌謬^{là}

 乎？今雖欲自彫琢^{diāo} ，曼辭

 以自飾，無益，於俗不信，適足取

辱耳。要之，死日然後是非乃定。書不能悉

意，略陳固陋。謹再拜。

剌謬：相反，相違背。　彫琢：刻鏤，琢磨。　曼：美。

所以姑且跟着世俗隨波逐流，跟着形勢上下，以疏解我的狂妄昏惑。如今少卿卻教導我要推賢舉能，不就與我自己的願望相違背了嗎？現在（我）雖然想自我修飾一番，用美好的言辭來為自己開脫，也毫無用處，世俗之人是不會相信的，只會自討侮辱罷了。總之，（人要到）死後才能夠論定是非。（這封）書信是不能完全表達（我的）心意的，（只是）略微陳述我愚執、淺陋的意見。恭敬地再拜。

日 益 精 進

《報任安書》的藝術價值

　　作者在信中以激憤的心情、飽滿的感情，陳述了自己的不幸遭遇，抒發了為著作《史記》而不得不含垢忍辱苟且偷生的痛苦心情。文章酸楚沉痛，結構嚴謹，層次井然，前後照應；說理和敘事融為一體，清晰透徹；句子或長或短，以排比、對偶句穿插其間，使文章更富感情色彩。

普通話朗讀

後出師表

諸葛亮

姓名	諸葛亮
別稱	字孔明，號臥龍
出生地	徐州琅邪陽都
	（今山東省沂南縣）
生卒年	公元 181—234 年

軍中大參謀 👍👍👍👍👍

隆中對策　赤壁智鬥　定鼎荊益　先主託孤　北伐中原

文學大咖 👍👍👍👍

《出師表》千古流傳　《誡子書》立志典範

發明家 👍👍👍👍

發明孔明鎖、孔明燈、木牛流馬、諸葛連弩等

書法家 👍👍👍👍

《遠涉帖》被王羲之臨摹

生命指數 👍👍👍

54 歲

民族的脊樑

諸葛亮，全方位的偉大。

生於亂世，狼煙四起，風雨飄搖。生命中的前二十七年，他躬耕、讀書、心懷蒼生。後二十七年，他登上歷史舞台，輔助劉氏父子，治蜀十餘載，北伐五次，肩扛國家社稷，直至五十四歲病逝。這真正是上下無愧，人生無悔。

燃燒生命，身化炬火，他雖身處淒涼末世，卻足以燭照青史。

前後兩篇《出師表》，讓我們看到了甚麼是君不疑臣，臣不負君。諸葛亮用品德為他身後那逐漸骯髒的歷史洪流注入了一股清泉，可他望蜀漢國強民安的盛世夢想，終未實現。

心神往之，身躬行之，鞠躬盡瘁，死而後已。

這便是民族的脊樑。

先帝慮漢、賊不兩立，王業不偏安，故託臣以討賊也。以先帝之明，量臣之才，固知臣伐賊，才弱敵強也，然不伐賊，王業亦亡，惟坐而待亡，孰與^{shú}

伐之？是故託臣而弗疑^{fú}也。臣受命之日，寢不安席，食不甘味。思惟北征，宜先入南，故五月渡瀘^{lú}，深入不毛

，併日而食。

漢：指蜀漢。　　**賊：**指曹魏。　　**偏安：**指封建王朝失去中原而苟安於僅存的部分領土。
孰與：怎麼比得過。

1

　　先帝考慮到漢室和曹賊不能並存，王業不能偏處一方而自安，所以託付我去討伐曹賊。以先帝的英明，思量我的才幹，本知讓我去討伐曹賊，（我的）才能微弱而敵人的力量強大，但是不去討伐曹賊，王業也會衰亡，與其坐等滅亡，哪裏比得上主動去討伐他們呢？因此（先帝）毫不遲疑地（把討賊興漢的大業）託付給我了。我自接受任命那天起，（就每日）睡不安穩，吃飯沒滋味。（我）考慮到北伐中原，應該先安定南方，所以五月（率軍）渡過瀘水，深入不毛之地，兩日才吃一日的軍糧。

日益精進

《後出師表》

　　是《出師表》（《前出師表》）的姊妹篇。建興六年（公元 228 年），魏將曹休被東吳打敗，魏軍主力東下，關中虛弱，諸葛亮想趁此起兵。但朝廷內部出現了一些反對北伐曹魏的意見，後主劉禪也猶豫不決。諸葛亮因而上了此表，指出乘時伐魏的重要性和必要性，最後以「鞠躬盡力，死而後已」表達了自己的決心。

臣非不自惜也，**顧**王業不可偏安於蜀都，

故冒危難以奉先帝之遺意，而議者謂為**非計**

。今賊適疲於西，又務於東，兵法**乘**

勞，此**進趨**^{qū}之時也。

^{jǐn}
謹陳其事**如左**：

❷ 高帝**明****並**日月，謀臣淵

深，然涉險被創，危然後安。

顧：只是。　　**非計**：不是上策。　　**乘**：趁機。　　**勞**：勞頓。　　**進趨**：進攻。
如左：如下，古代書寫從右往左。　　**高帝**：漢高祖劉邦。　　**明**：英明。　　**並**：比。

我不是不愛惜自己，只是（考慮到）王室大業不可偏處在蜀地而自安，所以甘冒危險艱難來實現先帝的遺願，但議政的羣臣以為（這）並不是上策。如今賊軍正在西面疲於奔命，又忙着應付東面的戰事，按兵法要抓住敵人疲勞的機會，這正是進攻的時機。（我）恭敬地把對這事的看法陳述如下：

2

漢高帝的英明可以和日月相比，手下的謀臣思廣慮深，但是還要歷盡艱險，身體受到創傷，經過危難然後才得以安定。

日益精進

劉備

　　蜀漢開國皇帝、政治家，史家多稱其為先主。他年少時在諸侯混戰過程中屢屢遭受失敗，但因其始終堅持以德服人的行為準則，受到了海內名士的尊敬。赤壁之戰後，劉備先後拿下荊州、益州，建立了蜀漢政權。後關羽被東吳所害，劉備不聽羣臣勸阻，執意發動對吳國的戰爭，結果兵敗病逝。劉備弘毅寬厚，知人待士，其臨終前舉國託付給諸葛亮的行為被陳壽讚為「古今之盛軌」。

今陛下未及高帝，謀臣不如良、平，而欲以

長策取勝，坐定天下，此臣之**未解**

一也。劉繇、王朗各據州郡，論安言

計，動引聖人，羣疑滿腹，眾**難**塞

胸。今歲不戰，明年不征，使孫策**坐大**

，遂併江東，此臣之未解二也。

未解：不能理解。　**難**：非議。　**坐大**：自然地強大起來。

如今陛下趕不上高帝，謀臣不如張良、陳平，而想用長久對峙的戰略取勝，坐等着平定天下，這是我不能理解的第一點。劉繇、王朗各自佔據州郡，講論安定天下的計策，動不動就引用聖人（的話），大家滿腹疑慮，各種非議充塞胸中。（他們）今年不作戰，明年不出征，（結果）使孫策自然地強大起來，從而吞併了江東，這是我不能理解的第二點。

⽇益精進

古代的謀士

　　在古代，一部分「學而優」卻未「仕」的讀書人，常以「門客」「軍師」「幕僚」等身份，為自己的「主人」「主公」出謀劃策，排憂解難，有時甚至以死相報，相當於政治顧問。歷史上著名的謀士有郭嘉、賈詡、范增、陳平、韓信、諸葛亮等。

曹操智計**殊絕**   於人，其用兵也，

彷彿孫、吳，然困於南陽，險於烏巢cháo，危於

祁qí連，逼於黎陽，幾敗北山，**殆**死dài潼tóng關，然

後**偽定**一時爾，況臣才弱，而欲以不危而定

之，此臣之未解三也。曹操五攻昌霸不下，

四越巢湖不成，任用李服而李服

圖之，委任夏侯而夏侯敗亡。

殊絕：遠遠超過。　**殆**：幾乎。　**偽定**：諸葛亮認為蜀漢是正統，因此稱曹魏為「偽」。

曹操的智謀心計遠遠超過常人，他在用兵方面，跟古代孫子、吳起相仿，然而還是被困於南陽，遇險於烏巢，遭危於祁連，被逼於黎陽，幾乎大敗於北山，差點兒死在潼關，然後（曹氏）才僭稱國號於一時，況且我的才幹微弱，（眾人卻）想不冒危難而安定天下，這是我不能理解的第三點。曹操（曾）五次進攻昌霸而沒能攻下，四次越渡巢湖都沒成功，任用李服，而李服（卻）圖謀殺害他；委任夏侯淵，而夏侯淵（卻）戰敗身亡。

日 益 精 進

李服、夏侯淵

　　李服即王服。建安四年（公元 199 年），董承帶了密詔，與吳子蘭、王服、劉備等計劃殺害曹操。建安五年（公元 200 年）計劃泄露，曹操捕殺董承、王服等人。夏侯淵於建安二十年（公元 215 年）任征西將軍，為曹操守漢中，建安二十四年（公元 219 年）被劉備部將黃忠殺於定軍山（今陝西勉縣東南）。

先帝每稱操為能，猶有此失，況臣駑下 ^nú

，何能必勝？此臣之未解四也。自臣到

漢中，中間**期年** ^jī 耳，然喪趙雲、陽

羣、馬玉、閻芝、丁立、白壽、劉郃、鄧銅 ^yán

等及**曲長** 、**屯將** 七十餘人，

突將、**無前**、**竇叟**、**青羌**、**散騎**、**武騎**一千 ^cóngsǒu ^qiāng

餘人，此皆數十年之內所糾合四方之精銳，

非一州之所有；

期年：一周年。　**曲長**、**屯將**：皆指揮官。　**突將**：衝鋒將士。　**無前**：先鋒將士。
竇叟、**青羌**：都是少數民族之兵。　**散騎**、**武騎**：都是騎兵分部的名稱。

先帝常常稱讚曹操是個有才能的人，（曹操）還有這些失誤，何況我才能低下，（出師）怎麼能一定會勝利呢？這是我不能理解的第四點。自從我進駐漢中地區，已經有一年時間了，但這期間喪失了趙雲、陽羣、馬玉、閻芝、丁立、白壽、劉郃、鄧銅等人，以及曲長、屯將七十多人，衝鋒戰士、先鋒將士、賨叟、青羌、散騎、武騎等一千多人，這些都是幾十年裏從四面八方招集起來的精銳，不是我蜀地一州所能有的；

日(益)(精)(進)

古代軍事制度

　　古稱「軍制」「兵制」。它隨着國家、軍隊的產生而產生，並與整個國家的經濟、政治制度相適應，為統治階級的利益服務。主要內容包括軍事體制、軍隊編制、軍隊管理、軍事訓練、軍事職官，兵役動員，軍隊調發與戰時指揮，糧餉、兵器與馬政保障等各項制度。

若復數年，則損三分之二也，當何以圖

敵？此臣之未解五也。今民窮兵疲，而

事不可息，事不可息，則住與行

勞費正等，而不及早圖之，欲

以一州之地與賊持久，此臣之未解六也。

事：戰事。　正等：正好相等。

如果再經過幾年，就會損失三分之二了，（那時）當用甚麼去對付敵人？這是我不能理解的第五點。如今百姓窮困、士兵疲憊，而戰事不可能停息，戰事不能停息，那麼防守和進攻在勞力和費用上（的消耗）實際相等，不趁早去策劃（征討敵人），（卻）妄想用一州之地跟曹賊長久對峙，這是我不能理解的第六點。

日 益 精 進

州

　　古代地方行政區劃名。漢武帝時全國分為十幾個監察區，稱為「州」或「部」；隋唐縣以上的行政單位是州或郡；宋代縣以上的行政單位是州。

③ 夫難平 者，事也。昔先帝敗軍

於楚，當此時，曹操拊手  ，謂天

下已定。然後先帝東連吳、越，西取巴、

蜀，舉兵北征  ，夏侯授首

 ，此操之失計而漢事將成

也。然後吳更違盟，關羽毀敗，秭歸蹉跌

 ，曹丕稱帝。

平：通「評」，評議。　拊：拍。　授首：交出頭顱。　蹉跌：失足跌倒，比喻失敗。

（所有事情中）最難預測的事，就是戰事。過去先帝在楚地戰敗，那時候，曹操（高興得）拍手，認為天下已經平定了。但是後來先帝在東面聯合孫吳，在西面奪取了巴、蜀之地，發兵北伐，夏侯淵交出了頭顱，這是曹操沒算計到的，而復興漢室的大業眼看就要成功了。但是後來孫吳又違背盟約，關羽戰敗身亡，（先帝）在秭歸遭挫敗，而曹丕稱帝。

日益精進

古代奇怪的投降儀式

在中國古代，雙方交戰，戰敗一方投降需有一些儀式。例如，劉邦滅秦，秦王子嬰駕着白車白馬，脖子上繫着繩子，封好御璽，在道旁投降；魏滅蜀時，劉禪率王公大臣六十餘人，縛手於背，載着棺材到軍營大門外投降。

凡事如是，難可逆料。臣鞠 躬 盡力，死而

後已，至於成敗利鈍，非臣

之明所能**逆睹**也。

利鈍：順利或困難。　**逆睹**：預知，預見。

凡事都像這樣，難以預料。我（只有）小心謹慎地為國盡力，到死為止，至於成功還是失敗，順利還是遭受挫折，就不是我的智慧所能夠預見的了。

日益精進

鞠躬盡瘁，死而後已

　　成語，指勤勤懇懇，恭謙謹慎，竭盡心力，到死為止，多用來形容人的偉大。出自本篇。

普通話朗讀

陳情表

李密

姓名	李密
別稱	一名李虔，字令伯
出生地	犍為郡武陽縣（今四川省眉山市彭山區）
生卒年	公元 224—287 年

千古孝子 👍👍👍👍👍

孝敬甚篤，《陳情表》名揚天下

超強學霸 👍👍👍

博覽五經，尤精於《左傳》

溫良父母官 👍👍👍👍

性格剛正，政令嚴明。擔任溫縣（今河南省溫縣）縣令時解決了中山諸王苛求供給的事，為百姓做了件好事

生命指數 👍👍👍👍

64 歲

請假條

敬愛的晉武帝：

　　我因要回家照顧年邁的奶奶，需向您請假，希望您能批准。

臣：李密

燈火可親，家人猶在，

　　李密，前朝舊臣，被新帝賞識，招為太子侍從官。可他推辭了，只因家中年邁的祖母無人照料。

　　有人說他虛偽，急流勇退不過是明哲保身。有人說他是工具人，晉朝得國不義，他不過是一個被懸置起來的吉祥物，一座填補朝廷忠義缺憾的牌坊。有人說他不夠純粹，不像陶淵明歸隱田園，而「虛晃一槍」辭任又上任，不過是魏晉二百年歷史黑河中的一個矛盾體。

　　都說不讀書不足以了解人生，真相卻是，不了解人生是讀不懂書的。不經歷困厄，便不會理解平淡語句中的哀傷，滿街梧桐，你看到的是美景，而有人卻想到仙逝的親人。

　　家人是羈絆，也是安慰。子欲養而親不待，這種悲涼值得所有人尊重。很多人經歷過，懂了，寫下來，就傳了千年。沒有人要求他們背誦全文，但他們背了下來，因為這些文字，剛好說出了他們的心聲。

❶ 臣密言：臣以險  xìn 釁 ，

夙  遭閔凶  。生孩六月，慈

父見背 ；行年  四歲，舅

奪母志。祖母劉，愍 mǐn 臣孤弱，躬親撫

養。臣少多疾病，九歲不行   ，零丁

孤苦，至於成立 。

險：坎坷。　**釁**：禍患。　**夙**：早年。　**閔凶**：憂患凶喪之事。　**見背**：棄我而去，指
尊長去世。　**行年**：年歲，年齡。　**愍**：憐惜。　**不行**：不會走路。這裏形容柔弱。
零丁：孤獨的樣子。　**成立**：成人自立。

① 臣李密上言：臣因命運不好，小時候就遭遇了不幸之事。生下來才六個月，慈父便棄我而去；到四歲時，舅父又強行改變了母親想守節的志向（逼她改嫁）。祖母劉氏憐惜臣幼年喪父又身體虛弱，親自撫養（臣）。臣小時多病，九歲還不會走路，伶仃孤苦，直到成人自立。

(日)(益)(精)(進)

「表」的特殊表達格式

　　「表」作為一種文體，有着自己特殊的格式，如開頭要說「臣某言」，結尾常有「臣某誠惶誠恐，頓首頓首，死罪死罪」之類的話。

既無伯叔，終<ruby>鮮<rt>xiǎn</rt></ruby>兄弟，門衰<ruby>祚<rt>zuò</rt></ruby>  薄，晚有**兒息**。外無**期功**<ruby>祈<rt>jī</rt></ruby> <ruby>強<rt>qiǎng</rt></ruby> 近之親，內無應門五尺之僮，<ruby>煢<rt>qióng</rt></ruby> <ruby>煢<rt>jié</rt></ruby>子立  ，形影相<ruby>弔<rt></rt></ruby> 。而劉夙嬰 疾病，常在牀<ruby>褥<rt>rù</rt></ruby>，臣侍湯藥，未曾廢離。

鮮：少。這裏是「沒有」的意思。　**祚**：福分。　**兒息**：子嗣。　**期功**：穿喪服的親族。這裏指關係比較近的親屬。　**煢煢子立**：孤單無依無靠地獨自生活。煢煢，孤單的樣子。子，孤單。　**弔**：安慰。　**嬰**：纏繞。　**褥**：草墊子。

（臣）既沒有伯叔，也沒有兄弟，家門衰微，福分淺薄，很晚才有子嗣。在外面沒有甚麼近親，在家裏又沒有照管門户的小童，（臣）孤單無靠地獨自生活，（只有自己的）身體和影子互相安慰。而祖母劉氏早已疾病纏身，經常臥牀不起，臣侍奉她服用湯藥，從來沒有停止（侍奉）而離開過她。

日 益 精 進

古代的喪服、喪期

　　我國古代喪服分為五等，以親疏為差等，分為斬衰、齊衰、大功、小功、緦（sī）麻。斬衰服期三年；齊衰服期有一年的（如孫為祖父母），有五個月的（如為曾祖父母），有三個月的（如為高祖父母）；大功服期九個月；小功服期五個月；緦麻服期三個月。

❷ 逮^{dài}奉聖朝，沐浴 （✗） 承蒙恩澤（✓） 清化。前太

守臣逵察^{kuí}  臣孝廉，後刺史臣榮舉

臣秀才。臣以供養無主，辭不赴命。詔書特

下，拜 臣郎中，尋蒙國恩，除 臣

洗^{xiǎn}馬。猥^{wěi}  以微賤，當待東宮，非臣

隕首所能上報。臣具以表聞 ，辭不

就職。

沐浴：這裏指承受恩澤。　**察**：經過考察後予以推舉。　**拜**：授官。　**除**：授官。
猥：謙辭，辱。　**聞**：使上聞，報告。

　　到了當今聖朝，（臣）在清明的教化中承受恩澤。從前太守逵察舉臣為孝廉，後來刺史榮又推薦臣為秀才。臣因為（一旦外出做官）供奉祖母之事沒人來做，（所以）辭謝而未接受任命。（陛下）特地頒下詔書，任命臣為郎中，不久又蒙受國家恩典，任命臣為太子洗馬。像臣這樣卑微低賤的人，承擔侍奉太子的職務，（皇上的恩遇）實在不是臣用生命所能報答的。臣（把自己的苦衷）在奏表中一一呈報，辭謝而不去就職。

日益精進

孝廉

　　漢代所設的薦舉人才的一種科目，推舉孝順父母、品行方正的人。到了明清時期，「孝廉」則成為對舉人的雅稱。

詔書切峻，責臣逋慢 ；郡縣逼迫，催臣上道；州司臨門，急於星火 。臣欲奉詔奔馳，則劉病日篤 ；欲苟順私情，則告訴 不許：臣之進退，實為狼狽 。

❸　伏惟聖朝以孝治天下，凡在故老，猶蒙矜 育，況臣孤苦，特為尤甚。

切峻：急切嚴厲。　**逋慢**：有意拖延，怠慢上命。逋，逃避。慢，怠慢、輕慢。
星火：流星。　**篤**：病重。　**告訴**：申訴（苦衷）。　**狼狽**：形容進退兩難的窘狀。
矜：憐憫。

（不料）詔書（又下），急切嚴厲，責備臣有意拖延，怠慢上命；郡縣（長官）逼迫，催臣上路；州官登門（催促），比流星還急。臣想接受詔命趕路（就職），但劉氏的病一天比一天沉重；想姑且遷就私情，但申訴（苦衷）不被許可：臣（目下）實在是進退兩難，處境窘迫。

想到（當今的）聖朝以孝道治理天下，凡是舊臣，尚且受到憐惜養育，何況臣的孤苦又特別嚴重。

日益精進

秀才

漢代所設選拔人才的一種科目，推舉優秀人才。晉時仍保留此制。後「秀才」逐漸成為對一般讀書人的泛稱。

且臣少仕偽朝，歷職郎署，本圖宦達，不矜 名節。今臣亡國賤俘，至微至陋，過

蒙拔擢 zhuó ，寵命優渥 wò ，豈敢盤

桓  就是喜歡像你這樣的人才，有所希冀 jì 。但以劉日薄西

山 ，氣息奄奄 ，人命危淺

，朝不慮夕。臣無祖母，無

以至今日；祖母無臣，無以終餘年。

拔擢：提拔、擢升。　**優渥**：優厚。　**盤桓**：猶疑不決的樣子。
希冀：這裏指非分的願望。　**薄**：迫近。　**奄奄**：氣息微弱、將要斷氣的樣子。
危淺：垂危。

而且臣年輕的時候在偽朝做官，做過尚書郎，本來就希望仕途顯達，並不想顧惜名譽與節操。現在臣作為亡國之俘，極為卑微鄙陋，（已）過分地受到提拔，加恩特賜的任命十分優厚，（還）怎麼敢猶疑不決，有非分的願望。只因劉氏（已如）迫近西山的落日，氣息微弱，生命垂危，朝不保夕。臣（如果）沒有祖母，就不能（長大）到今日；祖母（如果）沒有臣，就不能安度餘生。

日益精進

郎署

指尚書郎。漢武帝時常以郎官供尚書署差遣，掌管文書、奏章等，後來成為常設官員。東漢時，尚書郎負責啟封百官章奏，面奏皇帝，代擬詔令，是一個職顯權重、升遷快的官職。

母、孫二人，**更相**  為命，是以**區區**

不能**廢遠** 。

④　　臣密今年四十有四，祖母今年九十

有六，是臣盡節於陛下之日長，報養劉之

日短也。**烏鳥**私情，願乞終養。臣之**辛苦**

，非獨蜀之人士及二州牧伯所見明知，

皇天后土實所共**鑑**  。

更相：互相。　**區區**：自己的私情。　**廢遠**：停止奉養而遠離（祖母）。

烏鳥：烏鴉。傳說烏鴉能反哺其母，常比喻孝親之人。　**辛苦**：辛酸悲苦。

鑑：照察，審辨。

祖孫二人，相依為命，因此（就臣）內心（而言）不能夠停止奉養而遠離（祖母）。

臣李密今年四十四歲，祖母今年九十六歲，這樣（看來）臣在陛下面前盡忠的時日（還）很長，（而）報答奉養劉氏的時日（卻）很短了。（臣懷着）像烏鴉反哺一樣的私情，希望求得奉養祖母到最後。臣的辛酸苦楚，不僅蜀地人士和梁州、益州的長官看見（並）明白地知曉，（就是）天地神明也實在都看得清清楚楚。

日益精進

「表」的基本特徵

　　動之以情是「表」這種文體的基本特徵。表的主要作用就是表達臣下對君主的忠誠和希望。古代的那些表文，儘管具體內容不同，但都離不開抒情手法的運用。

mǐn
願陛下**矜湣愚誠**，聽 臣微志，庶

 劉僥倖，保卒餘年。臣生當隕首，

死當**結草**。臣不勝**犬馬**

怖懼之情，謹**拜表**以聞。

矜湣：憐恤。　　**愚誠**：謙辭，指自己的誠意、衷情。　　**聽**：任從。這裏指應許。

庶：希望。　　**結草**：代指報恩。　　**犬馬**：這是臣子謙卑的話，用犬馬自比。

拜表：上表章。

祈望陛下能憐恤臣的衷情，准許臣（實現）卑微的志願，使劉氏能僥倖（因此）終其餘年。臣生時應當獻身，死後也當結草報恩。臣懷着像犬馬（對主人一樣）不勝恐懼的心情，恭謹地上奏章以達天聽。

日益精進

死當結草

　　《左傳・宣公十五年》記載，晉大夫魏武子臨死時，囑咐他兒子魏顆把自己的愛妾殺了殉葬。魏顆沒有照辦而把她嫁了出去。後來魏顆與秦將杜回作戰，看見一個老人結草，把杜回絆倒，因此擒獲杜回。魏顆夜間夢見這個老人，自稱是那個再嫁之妾的父親，特來報恩。後世用「結草」代指報恩。

普通話朗讀

諫太宗十思疏

魏徵

姓名	魏徵
別稱	字玄成
出生地	巨鹿郡下曲陽縣（今河北晉州西）
生卒年	公元 580—643 年

吐槽大王 👍👍👍👍👍

被譽為「古往今來第一諫臣」，隨時隨地「教育」唐太宗李世民

一代名相 👍👍👍👍👍

輔佐唐太宗

著名編輯 👍👍👍

修撰《羣書治要》，主編《隋書》等

生命指數 👍👍👍👍

64 歲

我又來挑毛病了……

最靠譜的
企業家手冊

這是最現代的企業手冊，這是最佳企業管理範本。

克制知足、量入為出、謙虛謹慎、海納百川、網開一面、慎始慎終、廣開言路、端正自身、選拔人才、獎賞不過度、懲戒不衝動。領導如能做到這些，就可讓屬下放手去幹。

以上內容出自《諫太宗十思疏》。距今一千三百多年。

魏徵本是原太子的謀士。玄武門之變，唐太宗李世民幹掉了自己的親兄弟們，卻留下並重用了魏徵。魏徵的存在，對後來「貞觀之治」的出現起到了重要的作用。自此，大唐成為永載史冊的燦爛王朝。

如果剛直敢言、情商高、寫作能力強是一代忠直諫官魏徵的職場祕籍，那麼，心胸、格局、廣開言路便是企業家李世民創造的職場土壤。

一千多年前，這對君臣已經為後人提供了最佳企業管理範例。這作業，你抄對了嗎？

1 臣聞求木之 長 者，必固其根本；欲流之遠者，必浚 其泉源；思國之安者，必積其**德義**。源不深而望流之遠，根不固而求木之長，德不厚而思國之理，臣雖**下愚** ，知其不可，而況於**明哲** 乎！

長：生長。這裏指長得好。　**浚**：疏通水道。　**德義**：德行和道義。

下愚：極愚昧無知的人。這裏用作謙辭。　**明哲**：明智的人。這裏指唐太宗。

❶

　　臣聽說想要樹長得好，一定要穩固它的根；想要水流得遠，一定要疏通它的源頭；想要國家安定，一定要厚積德行和道義。源頭不深卻希望水流得遠，根不穩固卻想要樹木長得好，德行不深厚卻想使國家治理得好，我雖然很愚昧無知，也知道這是不可能的，更何況您這樣明智的人呢！

日益精進

疏

　　古代臣下向君主分條陳述事情的文字。

人君當  神器之重，居域

中 之大，將崇極天之峻，永保無

疆之休 。不念居安思危，**戒奢以**

儉，德不處其厚，情不勝其慾，斯亦伐根以

求木茂，塞源而欲流 長 者也。
cháng

當：掌握，主持。　**神器**：指帝位。　**域中**：天地間。　**休**：喜慶，福祿。
戒奢以儉：戒奢侈，行節儉。

君主掌握帝王的重權，處在天地間重要的地位上，將推崇皇權的高峻，永保無窮的福祿。（如果）不在安逸的環境中想着危難，戒奢侈，行節儉，德行不能保持深厚，性情（上）不能控制慾望，這也就（如同）砍斷樹根來求得樹木茂盛，堵塞水源而想要水流得遠啊。

日 益 精 進

太宗

即李世民，唐朝第二任皇帝，少年從軍，後領兵攻破長安。唐朝建立後，他平定豪勢力，立下赫赫戰功。後發動「玄武門之變」，即皇帝位，年號「貞觀」。在位初唐太宗聽取羣臣意見，虛心納諫，實現休養生息、國泰民安，開創「貞觀之治」。還愛好文學與書法，有詩作與墨寶傳世。

❷ 凡百元首，承天景命，莫不殷憂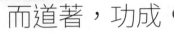而道著，功成而德衰。有善始者實繁，能克終者蓋寡。豈取之易而守之難乎？昔取之而有餘，今守之而不足，何也？夫在殷憂，必竭誠以待下；既得志，則縱情以傲物。竭誠則胡越為一體，傲物則骨肉為行路。

凡百：所有的。　**景**：大。　**殷憂**：深深憂慮。　**蓋**：表示推斷。
傲物：看不起別人。物，指人。　**路**：路人。

（歷代）所有的帝王，承受了上天（賦予）的重大使命，沒有一個不是（創業之初）深深憂慮而德行顯著，大功告成之後卻德行衰微的。開頭做得好的（人）確實很多，能夠保持到底的人大概很少。難道是取得天下容易而守住天下就很困難嗎？過去奪取天下時（德行）有餘，現在守護天下時卻（德行）不足，為甚麼呢？（帝王）處在深重的憂慮之中，一定是竭盡誠心來對待臣民；已經實現了志願，（他）就會放縱自己的性情，看不起別人。竭盡誠心，胡越也能結成一體；傲視別人，骨肉親人也會成為陌路之人。

日益精進

李世民赦免魏徵

公元 626 年，為了爭奪權力，李世民在玄武門附近射殺了太子李建成和齊王李元吉。事後，李世民聽說魏徵曾勸諫李建成把李世民排擠到別的地方去，便派人把魏徵帶來問道：「你為甚麼要離間我們兄弟？」魏徵回答道：「太子要是按照我說的去做，就沒有今日之禍了。」李世民見魏徵說話直爽，沒有絲毫隱瞞，不但赦免了他，還任命他為詹事主簿。魏徵也盡心盡力輔佐李世民，幫助李世民開創了「貞觀之治」。

雖董 之以嚴刑，振 之以威怒，終苟免而不懷仁，貌恭而不心服。怨不在大，可畏惟人；載舟 zài  覆舟，所宜深慎；奔車朽索，其可忽乎！

董：督察。　振：同「震」，威嚇。　載舟覆舟：語出《荀子·王制》：「君者舟也，庶人者水也。水則載舟，水則覆舟。」意思是，人民能擁戴皇帝，也能推翻他的統治。

即使用嚴酷的刑罰來督察人民，用威勢來威嚇人民，（他們）最終只是苟且免於刑罰，但是並不會懷念（國君的）仁德，表面上恭順但內心裏不服氣。怨恨不在於大小，可畏懼的是百姓（心懷怨恨）；（他們像水一樣）能夠負載船隻，也能顛覆船隻，這是應當特別慎重（對待）的；駕馭奔馳的馬車卻用朽爛的繩索，怎麼可以忽視呢！

日 益 精 進

以人為鏡

　　唐太宗李世民非常看重魏徵。魏徵去世後，李世民説：「以銅作為鏡子，可以端正衣帽；以史作為鏡子，可以懂得興衰；以人作為鏡子，可以明白得失。我時常保有這三面鏡子，以防止自己有過失。如今魏徵去世了，我就失去一面鏡子了！」

③ 君人者，誠能見可慾 則思知足以自戒，將有**作** 則思知止以安人，念高危則思謙沖而自**牧** ，懼滿溢則思江海下百川，樂**盤遊** 則思三驅 以為**度**，憂懈怠則思慎始而敬終，

慮**壅**蔽 （yōng）則思虛心以納下，想**讒邪**（chán xié） 則思正身以**黜惡** ，恩所加則思無因喜以**謬賞** ，罰所及則思無因怒而濫刑。

作：建造，興建。這裏指大興土木、營建宮殿苑囿一類事情。　**牧**：養。
盤遊：遊樂。這裏指田獵。盤，快樂。　**度**：限度。　**壅蔽**：堵塞蒙蔽。
讒邪：以讒言陷害別人的邪惡之人。　**黜惡**：擯斥邪惡。　**謬賞**：不恰當地獎賞。

③

　　身為國君的人，（如果）真的能在見到自己貪圖的東西時，就想到要知足來警誡自己；將要興建甚麼就想到要適可而止來使百姓安寧；想到（帝位）高而險，就想着謙虛，加強自身的道德修養；害怕驕傲自滿，就想到江海處於百川之下（卻能容納百川）；喜愛田獵，就想到網開一面，捕殺有度；擔心懈怠，就想到做事要慎始慎終；擔心（耳目被）蒙蔽，就想到虛心採納臣下的意見；考慮到（可能出現）讒佞之人，就想到端正自身，貶斥奸邪；施加恩澤，就考慮到不要因為一時高興而獎賞不當；動用刑罰，就想到不要因為一時發怒而濫施刑罰。

日益精進

三驅

　　古時田獵時，會設三面網，留一面不設網，這樣做是為了田獵有度，不過分捕殺。

總此十思，弘茲九德，簡能而任之，擇善而從之，則智者盡其謀，勇者竭其力，仁者播其惠 ，信者效其忠。文武爭馳，在君無事，可以盡豫遊 之樂，可以養松、喬之壽，鳴琴**垂拱**，不言而化。何必勞神苦思，代下司職，役聰明之耳目，虧無為之大道哉！

惠：仁愛，寬厚。　**豫**：帝王秋天出巡。　**遊**：帝王春天出巡。
垂拱：垂衣拱手，指不親自處理政務。

綜合這十件應該深思的事，發揚光大（《尚書》所講的）九種美德，選拔有才能的人而加以任用，挑選好的意見而加以採納，那麼有智慧的人就能充分貢獻他的謀略，勇敢的人就能完全使出他的力量，仁德的人就能廣佈他的仁愛，誠信的人就能獻出他的忠誠。文臣武將爭逐（效力），對君主來說便沒有大事煩擾，可以盡情享受出遊的快樂，可以頤養到赤松子與王子喬那樣（長）的年壽，彈着琴、垂衣拱手（就能治理好天下），不用說甚麼百姓就會被教化。何必自己耗費精神、苦苦思索，代替臣下管理職事，役使自己靈敏的耳、明亮的眼，損害順其自然就能治理好天下的大道呢！

日益精進

唐代取士

　　唐代科舉，最重要的兩個科目是進士、明經。進士科重文辭，明經科則重經術。進士科以考詩賦為主，題目和用韻都有規定，詩多用五言六韻（近代變為五言八韻）。唐高宗、武則天以後，進士科最為社會所重，參加進士科考試，被認為是實現個人成就的重要途徑。

普通話朗讀

五人墓碑記

張溥

姓名	張溥
別稱	字天如，號西銘
出生地	太倉（今屬江蘇省太倉市）
生卒年	公元 1602—1641 年

寫作能手 👍👍👍👍

一生編述三千餘卷，涉及文、史、經學各個學科

社交達人 👍👍👍👍

以文會友，與郡中名士創建復社

民間意見領袖 👍👍👍👍👍

組織羣眾驅逐閹黨骨幹顧秉謙，影響力遍及南北各省，擁躉粉絲無數

生命指數 👍👍

40 歲

天下興亡

這是生與死的對話。這是鮮有的關於平民百姓的記錄。碑文上的字，從古老的幽暗穿越而來，訴說着勇氣、責任和信仰。

在我們寫就的歷史長卷中，有無數的帝王將相才子佳人，他們鮮衣怒馬，奔赴生前功、身後名。芸芸眾生，似乎早已習慣了萬馬齊喑，可普羅大眾心中自有規矩方圓，它來源於數萬萬人口聚集的和諧，也來自血液底層最深處的基因。

他們是商人、貿易中間人、轎伕、賣布的小販。他們為一個遙遠的、叫做責任的東西，用生命奏響絕唱。捨生取義逆勢而為，是真勇士。血性可以撐起一個人心中的千軍萬馬，精緻的利己主義者們聚合起來也只是一片寒涼。

他們用生命書寫天下興亡，匹夫有責。

他們的名字是：顏佩韋、沈揚、馬傑、周文元、楊念如，卒於 1626 年。

liǎo
五人者，蓋當蓼洲周公之被逮，

激於義而死焉者也。至於今，郡之賢士

大夫請於當道，即除**魏閹**廢祠之址以葬

之，且立石於其墓之門，以旌

其所為。嗚呼，亦盛矣哉！

魏閹：即魏忠賢，明代太監。閹，指宦官。

①

　　這五個人是在周蓼洲公被捕時，激於義憤而被殺的。直到今天，吳郡的賢德之士向當地長官請求後，就清理魏忠賢生祠的舊址來安葬了他們，並且在其墓前豎立石碑，以表彰他們的事跡。唉！（這）也算得上一件盛事了！

日益精進

魏忠賢

　　明後期著名太監，權傾一時，各地曾紛紛為他建立生祠。他死後，這些生祠都被搗毀、廢棄。

❷　夫五人之死，去今之墓 墓→ˇ 而葬焉，其為時止十有一月耳。夫十有一月之中，凡富貴之子，慷慨得志 之徒，其疾病而死，死而湮沒不足道者，亦已眾矣。況草野之無聞者歟！獨五人之 yú 皦 皦 jiǎo jiǎo，何也？

❸　予猶記周公之被逮，在丁卯三月之望。吾社之行為士先者，為之聲義，斂資財以送其行，哭聲震動天地。緹騎 tí 按劍而前，問：「誰為哀者？」

皦皦：明亮的樣子。　緹：紅色。

❷

　　這五個人的被害，距離現在入土安葬，前後只有十一個月罷了。在這十一個月的時間中，那些富貴人家的子弟和志得意滿的人，因疾病而死，死後默默無聞的，也很多了。何況生活在草野之中的沒有名氣的人呢！唯獨這五個人死後聲名如日中天，為甚麼呢？

❸

　　我還記得周公被捕，是在丁卯年三月十五日。我們社裏一些行為堪稱楷模的人，為他伸張正義，募集錢財，給他送行，哭聲震天動地。差役按着劍走上前來，喝問道：「誰在為他哭？」

日益精進

望

　　農曆每月十五日（有時是十六日或十七日），地球運行到月球和太陽之間。這天太陽從西方落下去的時候，月亮正好從東方升上來，地球上看見圓形的月亮，這種月相叫「望」。

眾不能堪，扵 而仆之。是時以大中

丞撫吳者，為魏之私人，周公之逮所由使

也。吳之民方痛心焉，於是乘其厲聲以呵

，則噪而相逐，中丞匿於溷

藩以免。既而以吳民之亂請於朝，按誅五

人，曰：顏佩韋、楊念如、馬傑、沈揚、周

文元，即今之儡然 在墓者也。

扵：笞打。　匿：藏。　溷：廁所。　藩：籬笆。　儡然：堆積的樣子。

大家忍無可忍，（將他們）打倒在地。當時以大中丞的官銜擔任吳郡巡撫的，是魏忠賢的黨羽，周公的被捕就是由他主使的。吳郡的百姓（為此事）正痛恨他，於是趁他屬聲呵斥之機，便（一起）大聲叫喊，羣起而攻之，那個中丞（嚇得）躲進廁所裏，才得以倖免。不久，（他）以吳郡百姓暴動的罪名請示朝廷，經追查處死了五個人，他們是：顏佩韋、楊念如、馬傑、沈揚、周文元，也就是現在一起安葬在墓中的五人。

復社

明末以江南士大夫為核心的政治、文學團體。代表人物為張溥、張采。當時朝政腐敗，社會矛盾激烈，張溥等人合併江南幾十個社團，成立復社。復社成員大都懷着飽滿的政治熱情，互相切磋學問，砥礪品行，反對空談，密切關注社會民生，並實際地參加政治鬥爭。他們的作品，注重反映社會現實，揭露權奸宦官，同情民生疾苦，抒發報國豪情，富有感染力。

④ 然五人之當刑也，意氣揚揚，呼中丞之

名而詈 之，談笑以死 。斷頭置城

上，顏色不少變。有賢士大夫發五十金，買

五人之脰 而函之，卒與屍合。故今之

墓中，全乎為五人也。

⑤ 嗟乎 ！大閹之亂，縉紳而能不易

其志者，四海之大，有幾人歟？

詈：大罵。　脰：頸脖。這裏指頭。　函：匣子。這裏用作動詞，用匣子裝起來。
大閹：指魏忠賢。　縉：同「搢」，插。　紳：腰帶。

④

　　然而，這五個人在臨刑時，意氣風發，高呼中丞的名字痛罵他，談笑着死去。（他們）被砍斷的頭顱被掛在城牆上，臉色沒有一點改變。有賢德之士用五十兩銀子，買下五個人的頭顱裝在匣子裏，最終跟屍體合在了一起。所以現在的墳墓中，是五個人完整的遺體。

⑤

　　唉！在大宦官魏忠賢當權亂政的時候，官員能不改變自己意志的，以天下之大，能有幾人呢？

（日）（益）（精）（進）

五人墓

　　位於江蘇省蘇州市，現墓門朝南，前臨山塘河，壁嵌《五人墓義助疏》碑。墓旁立《五人墓碑記》石刻。

143

而五人生於編伍之間 ，素不聞《詩》《書》之訓，激昂大義，蹈死不顧，亦曷^{hé} 故哉？且矯詔紛出，鈎黨之捕，遍於天下，卒以吾郡之發憤一擊，不敢復有株治 。大閹亦逡巡^{qūn} 畏義，非常之謀，難於猝發。待聖人之出，而投 縊^{huán}道路，不可謂非五人之力也。

曷：何。　**矯詔**：假借皇帝名義發出的詔書。　**逡巡**：猶豫不前的樣子。
投繯道路：在路上自縊 (yì)。繯，繩索。

而這五個人出身平民，從來沒有接受過《詩》《書》的教育，（卻）能為大義所激發，置生死於不顧，又是甚麼緣故呢？而且（當時）假詔書紛紛傳出，對東林黨人的抓捕，遍及全國，終於因為我們吳郡（百姓）的奮起反擊，（他們才）不敢繼續株連治罪。魏忠賢也（因）害怕（百姓的）義憤而遲疑不決，篡奪帝位的陰謀，（便）不敢貿然實施。等到聖明天子即位，（他就）在（放逐的）路上自縊了，（這）不能說不是這五個人的功績。

日益精進

《書》

　　即《尚書》。《尚書》最初名為《書》，是我國第一部上古歷史文件和部分追述古代事跡著作的彙編，分為《虞書》《夏書》《商書》《周書》，因是儒家五經之一，故又稱《書經》。

6 　由是觀之，則今之高爵顯位，一旦抵罪，或脫身以逃，不能容於遠近；而又有**剪髮**杜門，佯狂不知所之者，其辱人賤行，視五人之死，輕重固何如哉？是以蓼洲周公，忠義**暴**於朝廷，贈諡美顯，榮於身後；而五人亦得以加其土封，列其姓名於大堤之上。凡四方之士，無不有過而拜且泣者，斯固百世之遇也！

剪髮：清以前的男子都留長頭髮，剪短頭髮或者剃光頭都是不正常的。　**暴**：表露。

由此看來，今天那些身居高位要職的人，一旦獲罪，有的抽身逃走卻無處可以容身，又有剪去頭髮閉門索居而故作瘋癲不知去向的，他們這種可恥的人格和卑賤的行為，比起這五個人的犧牲，到底誰輕誰重？因此，蓼洲周公的忠義顯於朝廷，被追贈謚號，美名顯揚，死後榮耀無比；而這五個人也得以加修墳墓，將他們的名字刻在大堤（碑石）上。四方人士來此，沒有不到墓前下拜哭泣的，這實在是百年一遇（的榮耀）啊！

日益精進

謚號

古代帝王、貴族、大臣等死後，依其生前事跡所給予的稱號，如漢武帝謚「武」，王安石謚「文」。明崇禎皇帝追謚周順昌（即「蓼洲周公」）為「忠介」。

不然，令五人者保其首領，以老於戶牖之下，則盡其天年，人皆得以隸使之，安能屈豪傑之流，扼腕墓道，發其志士之悲哉？故予與同社諸君子，哀斯墓之徒有其石也，而為之記，亦以明死生之大，匹夫之有重於社稷也。

⑦ 賢士大夫者，冏卿因之吳公，太史文起文公、孟長姚公也。

冏卿：九卿之一，太僕寺卿的別稱。掌皇帝車馬。
太史：史官，明清時由翰林承擔太史事務，因此也以此稱翰林官。

否則，讓這五個人都保全性命，老死於家中，盡享天年，（地位高的）人都可以把他們當作奴僕來使喚，又怎麼能使英雄豪傑屈身於他們墓前，慷慨激昂地抒發仁人志士的悲壯之情呢？所以我和同社的各位君子，為這陵墓空有石碑感到難過，便為它寫了這篇碑記，也借（此）說明死生意義的重大，（說明）普通百姓對於國家是很重要的。

⑦   上文提到的賢德之士是，太僕寺卿吳因之公，太史文文起公、姚孟長公。

日益精進

公

「公」是古代常見的尊稱。西周時，「公」指王室高級貴族、諸侯、卿大夫等。春秋時，諸侯和卿大夫多稱「公」。到了戰國時，「公」就已發展為對一般人的尊稱了。

普通話朗讀

7

登泰山記

姚鼐

姓名	姚鼐
別稱	字姬傳，一字夢谷，世稱惜抱先生
出生地	桐城（今安徽省桐城市）
生卒年	公元 1732—1815 年

風尚達人 👍👍👍👍👍

為桐城派散文之集大成者，與方苞、劉大櫆並稱「桐城派三祖」

最強導師 👍👍👍👍

歷主揚州梅花書院、安慶敬敷書院、歙縣紫陽書院、南京鍾山書院講席，培養了一大批學生

主考官 👍👍👍

曾任山東、湖南鄉試副主考，會試同考官

生命指數 👍👍👍👍👍

84 歲

不走尋常路

眼見為實

姚鼐出身於科舉世家，整個家族中進士、舉人者良多，出仕為官者更是不少，而他自己卻在禮部會試中屢次落榜，已過而立之年才中進士，由此開啟了宦海浮沉。

姚鼐做過考官，托舉起真正的棟梁。他當過刑獄長，卻與自己的仁政主張格格不入。他編過《四庫全書》，但還未成書他便停筆、辭官，此生再不入仕，從此四海講學，桃李滿天下。他著書立說，讓一座南方小城成為清代文學史最重要的註腳。

影響他最深的，或許是他的那份兵部主事的工作。這個負責繪製軍事地圖的官職，雖任期不長，卻造就了姚鼐畢生「考據」的習慣，使他成為「清代古文第一人」。

乾隆三十九年，姚鼐登泰山。他循着酈道元的腳步，起於濟水、汶水，止於日觀峯，躬身體察，眼見為實，寫下這篇「考據」的典範。

❶ 泰山之陽，汶水西流；其陰，濟水東流。陽 谷皆入汶，陰谷皆入濟。當其南北分者，古長城也。最高日觀峯 ，在長城南十五里。

❷ 余以乾隆三十九年十二月，自京師乘風雪，歷齊河、長清，穿泰山西北谷，越長城之限 ，至於泰安。

陽谷：山南面山谷中的水。　分：分界。　以：在。　乘：這裏是「冒」的意思。
限：界限。

❶ 泰山的南面，汶水向西流去；泰山的北面，濟水向東流去。山南面山谷中的水都流入汶水，山北面山谷中的水都流入濟水。正處在那（陽谷和陰谷）南北分界處的，是（春秋時期齊國所築）長城（遺址）。最高的日觀峯，在古長城以南十五里。

❷ 我在乾隆三十九年十二月，從京城冒着風雪，經過齊河、長清，穿過泰山西北面的山谷，跨過長城的界限，到達泰安。

日益精進

古代方位中的「陰」和「陽」

在古代，山北、水南為「陰」，山南、水北為「陽」。「泰山之陽」即泰山的南面。地名第二個字用「陰」或「陽」的，一般也可以這樣理解，如江陰在長江之南，衡陽在衡山之南。

是月丁未，與知府朱孝純子 潁 (yǐng) 由南麓登。

四十五里，道皆砌石為磴 (dèng)，其級七千

有餘。泰山正南面有三谷。中谷繞

泰安城下，酈道元所謂環水也。余始循以入

，道少半，越中嶺，復循西谷，遂至

其巔。古時登山，循東谷入，道有天門。東

谷者，古謂之天門溪水，余所不至也。今所

經中嶺及山巔，崖限當道者，世皆謂之天

門云。

磴：石階。　限：門檻。　云：助詞，無實義。

這個月的丁未日，（我）和（泰安）知府朱孝純字子潁的從南邊的山腳登山。（攀行）四十五里，道路都是石板砌成的石階，那些台階有七千多級。泰山正南面有三個山谷。中谷的水環繞泰安城，（這就是）酈道元所說的環水。我起初順着（中谷）進去，路不到一半，翻過中嶺，再順着西邊的山谷走，就到了泰山的山頂。古時候登泰山，順着東邊的山谷進入，道路中有座天門。這東邊的山谷，古時候稱它為天門溪水，是我沒有到過的。現在經過的中嶺和山頂，擋在路上的像門檻一樣的山崖，世上人都稱它為「天門」。

日益精進

酈道元的《水經注》

　　《水經注》以《水經》為綱，詳細記載了一千多條大小河流及有關的歷史遺跡、人物掌故、神話傳說等，是公元六世紀前中國最全面、最系統的綜合性地理著作；且其文筆絢爛，語言清麗，具有較高的文學價值。

道中迷霧冰滑 ，磴<ruby>幾<rt>jī</rt></ruby>不可登。及既

上，蒼山**負**雪，明**燭**天南。望晚日照**城郭**，

汶水、徂徠 <ruby>徂徠<rt>cú lái</rt></ruby>  如畫，而半山**居**霧若

帶然。

③ 戊申晦 ，**五鼓** ，與子潁坐日

觀亭，待日出 。大風揚積雪擊面。亭

東自足下皆雲漫。

幾：幾乎。　**負**：背。　**燭**：照。　**城郭**：指城市。　**居**：停留。　**五鼓**：五更。
漫：瀰漫。

一路上大霧瀰漫、冰凍溜滑，石階幾乎無法攀登。等到已經登上（山頂），（只見）青黑色的山上覆蓋着白雪，雪反射的光照亮了南面的天空。遠望夕陽映照着城郭，汶水、徂徠山就像圖畫一般，半山腰處停留的雲霧就像是飄帶的樣子。

戊申日月底這一天，五更的時候，（我）和子潁坐在日觀亭裏，等待日出。大風揚起積雪撲打在臉上。日觀亭東面從腳底往下都是雲霧瀰漫。

⑶

日益精進

城郭

　　古代的內城和外城。城，指內城的牆；郭，指外城的牆。

稍見雲中白若<ruby>樗蒲<rt>chū pú</rt></ruby>數十立者，山也。極天

雲一線異色，須臾成五采。日上，正赤如

丹，下有紅光動搖承之，或曰，此東海也。

回視日觀以西峯，或得日或否，絳<ruby>皓<rt>hào</rt></ruby>駁色

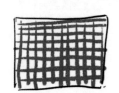，而皆若僂。

樗蒲：古代的一種博戲，這裏指樗蒲所用的擲具，長形而末端尖銳，立起來像山峯。

極天：天邊。　**采**：同「彩」。　**丹**：硃砂。　**絳**：大紅。　**皓**：白。　**駁**：雜。

僂：脊背彎曲的樣子。引申為鞠躬的樣子。日觀峯西面諸峯都比日觀峯低，所以說「若僂」

逐漸看見雲中幾十個白色的像樗蒲所用的擲具一樣的立着的東西，那是山峯。天邊的雲中有一線奇異的顏色，片刻之間就變成了五光十色的彩霞。太陽升起，（顏色）純紅像硃砂一樣，下面有紅光晃動搖盪承托着它，有人說，這是東海。回頭看日觀峯以西的山峯，有的被日光照着，有的沒有被照着，或紅或白，顏色錯雜，都像鞠躬的樣子。

(日)(益)(精)(進)

日觀峯

　　位於泰山玉皇頂東南，因可觀日出而得名。在古代，很多詩人都曾描繪過日觀峯上的美好景象，如唐代詩人韓偓的《曉日》寫道：「天際霞光入水中，水中天際一時紅。直須日觀三更後，首送金烏上碧空。」

161

④　亭西有岱祠，又有碧霞元君祠。皇帝**行宮**在碧霞元君祠東。是日觀道中石刻，自唐顯慶以來；其遠古刻盡**漫失**。僻不當道者，皆不及往。

⑤　山多石，少土。石蒼黑色，多平方，少**圜**(yuán)。少雜樹，多松，生石罅(xià)，皆平頂。冰雪，無瀑水，無鳥獸音跡。至日觀數里內無樹，而雪與人膝齊。

⑥　桐城姚鼐記。

行宮：皇帝出外巡行時居住的處所。　**漫失**：模糊或缺失。　**圜**：同「圓」。

④ 日觀亭西面有一座東嶽大帝廟，又有一座碧霞元君廟。皇帝的行宮在碧霞元君廟的東面。這一天觀看了路上的石刻，（都是）唐朝顯慶年間以來的；那些更古老的石碑都模糊或缺失了。地處偏僻不在路邊的石刻，（我們）都趕不上去看。

⑤ 山上石頭多，泥土少。山石都呈青黑色，大多是平的、方形的，很少有圓形的。雜樹很少，多是松樹，生長在石頭的縫隙裏，樹頂都是平的。（到處是）冰雪，沒有瀑布，沒有飛鳥走獸的聲音和蹤跡。到日觀峯附近幾里以內沒有樹，積雪（厚得）同人的膝蓋平齊。

⑥ 桐城人姚鼐記述。

日益精進

描寫泰山的詩句

岱宗夫如何？齊魯青未了。造化鍾神秀，陰陽割昏曉。蕩胸生層雲，決眥入歸鳥。會當凌絕頂，一覽眾山小。（杜甫《望嶽》）

岱宗天下秀，霖雨遍人間。（張志純《泰山喜雨》）

峨峨東嶽高，秀極衝青天。巖中間虛宇，寂寞幽以玄。（謝道韞《泰山吟》）

普通話朗讀

與妻書

林覺民

姓名	林覺民
別稱	字意洞，號抖飛，又號天外生
出生地	福建閩縣（今福建省福州市）
生卒年	公元 1887—1911 年

熱血青年 👍👍👍👍👍

「黃花崗七十二烈士」之一，辦女校，成立讀報所

超級演說家 👍👍👍👍

善講演，講稿《挽救垂危之中國》為振奮人心的名篇

模範丈夫 👍👍👍👍👍

絕筆信《與妻書》被譽為「百年情書」

生命指數 👍👍

25 歲

最後的家書

把遺書寫成情書，唯有英雄，才有這樣的絕筆。

少年時，他科舉交了白卷，只留「少年不望萬戶侯」七個大字。青年時，他英勇就義，連審訊他的官員都心生惻隱，讚他「面貌如玉，心腸如鐵，心地光明如雪」。

在這短暫的一生中，幸運的是他遇見了愛情。他們談論過愛，也談論過生死。因為深知自己的才華，所以要賦予生命更高的價值；因為體會過苦難，所以才會悲憫所有人的苦難。硝煙戰火，燒不盡真理，也容不得一對凡俗夫妻。不負天下唯負卿，愛與責任，終不能兩全。

十六年後，魯迅登陸廣州天字碼頭——林覺民被槍決之處。一人在此倒下，一人在此啟程，民族的悲喜輪迴，為我們打開一個新世界。

我離去，並不是我不愛你，而是那無窮的遠方，無數的人們，都和我有關。

① 意映 *Name* 卿卿如晤(wù)，吾今以此書與汝永別矣！吾作此書時，尚是世中一人；汝看此書時，吾已成為陰間一鬼。吾作此書，泪珠和筆墨齊下，不能竟書而欲擱筆，又恐汝不察吾衷，謂吾忍捨汝而死，謂吾不知汝之不欲吾死也，故遂忍悲為汝言之。

給你我的小心心

卿卿：舊時夫對妻的愛稱。　**如晤**：如同見面，舊時書信用語。　**竟**：完成。

① 意映我妻見字如面，現在我以這封信和你永別了！我寫這封信的時候，還是世上的一個人；你看到這封信的時候，我已經成了陰間的一個鬼。我寫這封信時，淚珠隨着筆墨一齊流下，簡直寫不下去，想要放筆作罷，又怕你不諒解我的苦衷，認為我忍心拋下你去死，認為我不知道你是不希望我去死的，所以就忍住悲痛為你說說（我的心聲）。

古代夫對妻的稱謂

　　古代夫對妻的稱謂主要有「小君」「細君」「夫人」「內人」「拙荊」「梓童」「糟糠」等。諸侯之妻稱「小君」「細君」「夫人」，此外，明清時一二品官的妻子也會被封為「夫人」。「內人」是面對別人時對自己妻子的稱呼，「拙荊」則是對自己妻子的謙稱。「梓童」為古代君王對皇后的稱呼。「糟糠」是舊時窮人用來充飢的酒糟、米糠等粗劣食物，借指貧賤時共患難的妻子。

❷　吾至愛汝，即此愛汝一念，使吾勇於就死也。吾自遇汝以來，常願天下有情人都成眷屬 ；然遍地腥雲，滿街狼犬，稱心快意，幾家能彀 gòu ？司馬春衫 ，吾不能學**太上之忘情** 也。語云：仁者「老吾老 以及人之老 ，幼吾幼 以及人之幼 」。

彀：同「夠」。　**司馬春衫**：比喻極度悲傷。　**太上之忘情**：意思是修養最高的人，忘了喜怒哀樂之情。

　　我非常愛你，就是這愛你的心念，使我勇於走向死亡。我自從遇見你以後，常常希望天下有情之人都能結成夫婦；但是（現在）滿地都是血腥，街道上都是惡狼走狗，有幾家老百姓能夠稱心如意（地生活）呢？（我像）白居易（那樣）眼淚打濕了青衫，我學不了忘卻喜怒哀樂的聖人。（《孟子》）書中講過：仁者要「尊敬自家的長輩，從而推廣到尊敬別人家裏的長輩；愛護自家的兒女，從而推廣到愛護別人家裏的兒女」。

日益精進

有情人終成眷屬

　　出自元代王實甫的雜劇《西廂記》，意為彼此有感情的戀人終於結為夫妻。眷屬，指夫妻。

司馬春衫

　　語出唐白居易《琵琶行》：「座中泣下誰最多？江州司馬青衫濕。」白居易曾任江州司馬。

吾**充**  吾愛汝之心，助天下人愛其

所愛，所以敢先汝而死，不顧汝也。汝體

吾此心，於啼泣 之餘，亦以天下人為

念，當亦樂犧牲吾身與汝身之福利 ，

為天下人謀永福也。汝其勿悲！

充：擴充。

我要把愛你的心擴大，幫助天下的人愛他們所愛的，所以敢於死在你之前，不顧念你。請你體諒我這種心情，在痛哭流涕之餘，也要想到天下的老百姓，應當也樂於犧牲我和你個人的幸福，為天下人去謀求永久的幸福。你千萬不要悲傷！

③ 　汝憶否？四五年前某夕，吾嘗語<ruby>曰<rt>yù</rt></ruby>：「**與使**吾先死也，**無寧** 與使……無寧……＝*rather than* 汝先吾而死。」汝初聞言而怒，後經吾婉解，雖不謂吾言為是，而亦無詞相答。吾之意蓋謂以汝之弱，必不能禁失吾之悲，吾先死，留苦與汝，吾心不忍，故寧請汝先死，吾擔悲也。嗟夫 　　　！誰知吾卒先汝而死乎？

與使：與其。　**無寧**：不如。

3

　　你記得嗎？四五年前的一個晚上，我曾經對你說過：「與其讓我先死，不如你死在我前頭呢。」你一開始聽這話很生氣，後來經過我婉言解釋，雖然不認為我的話對，卻也沒話可說。我的意思大致是說像你這樣柔弱，必定經不住失去我的悲痛，我死在前，把悲痛留給你，我心不忍，所以寧願你先死去，我來承受悲痛。唉！誰知道我最後還是比你先死去了呢？

日益精進

《稟父書》

　　《與妻書》寫於 1911 年 4 月 24 日晚，當晚，林覺民還寫下了給叔父的《稟父書》。在《稟父書》中，林覺民同樣表達了為了全國同胞而犧牲自己的意願。

④ 吾真真不能忘汝也！回憶後街之屋，入門穿廊，過前後廳，又三四折，有小廳，廳旁一室，為吾與汝雙栖之所。初婚三四個月，適冬之望日前後，窗外疏梅

篩月影，依稀掩映；吾與汝並肩攜手，低低切切 ，何事不語？何情不訴？及今思之，空餘泪痕。又回憶六七年前，吾之逃家復歸也，汝泣告我：「望今後有遠行，必以告妾，妾願隨君行。」

④

　　我實在不能忘掉你呀！回憶後街的房子，進門穿過走廊，經過前後廳，又轉三四個彎，有個小廳，廳旁的一間房子，是我和你雙宿雙棲的地方。新婚三四個月，正值冬月十五前後，窗外疏梅漏過月影，依稀掩映，我和你並肩攜手，低低切切（私語），有甚麼話不說呢？有甚麼心事不談呢？至今想起來，只剩下淚痕了。再回憶六七年前，我從家裏逃走又回去時，你哭着告訴我：「希望今後出遠門，一定要告訴我，我願意隨你一道去。」

日益精進

前廳、後廳

　　中國古代民居中，前廳為主要房間前面的房間或門廳，可作為會客接待室；後廳主要為生活區背後的私用廳，通常為第二客廳。

吾亦既許汝矣。前十餘日回家，即欲乘便以

此行之事語汝，及與汝相對，又不能啟口，

且以汝之**有身** 也，更恐不勝悲，故惟

日日呼酒買醉 。嗟夫 ！當時

余心之悲，蓋不能以**寸管** 形容之。

有身：有身孕。　**寸管**：指筆。

我也已答應了你。十幾天前回家，就想趁便把這次的事告訴你，（可）等到與你相對，又不能開口，並且因你已有了身孕，更怕（你）受不了悲傷，所以只有天天喝酒買醉。唉！當時我心中的悲痛，實在是不能用筆墨來形容的。

日益精進

書

　　《報任安書》《與妻書》均為「書」，是傳寄親友、吐露心聲的書信。親友之間的書信，往往不事營構，自由抒寫，自有一種打動人心的力量。

5 吾誠愿與汝相守以死，**第** *Only* 以今日事勢觀之，天災可以死，盜賊可以死，瓜分之日可以死，奸官污吏虐民可以死，吾輩處今日之中國，國中無地無時不可以死。到那時使吾眼睜睜看汝死，或使汝眼睜睜看吾死，吾能之乎？**抑** *Or* 汝能之乎？即可不死，而離散不相見，徒使兩地眼成穿而**骨化石** ，試問古來幾曾見破鏡能重圓？

第：只是。　　**抑**：還是。　　**骨化石**：古代傳說，有一男子外出未歸，其妻天天登山遠望，日久天長變成了一塊石頭。後人稱之為「望夫石」。

我非常想和你相守到死，只是從今天的形勢看，天災可以使人死，盜賊可以使人死，國家被瓜分的那天可以使人死，奸官污吏壓迫百姓可以使人死，我們這一代人處在今天的中國，國中無地無時不可以使人死掉。到那時讓我眼睜睜看你死，或者讓你眼睜睜看我死，我能這樣嗎？還是你能這樣？即使可以不死，可是分離失散見不了面，白白地在兩地使眼睛望穿、使骨頭化為石頭，試問自古以來甚麼時候看見過破鏡能夠重圓的？

日益精進

「望夫石」詩

中國古代，很多詩人都曾寫過與望夫石有關的詩歌。如王安石寫過一首七言絕句《望夫石》：「雲鬟煙鬢與誰期，一去天邊更不歸。還似九疑山下女，千秋長望舜裳衣。」他借妻子盼望丈夫歸來的典故，表達出對未來美好生活的期待和對未來國家興盛的嚮往之情。

則較死為苦也，將奈之何？今日吾與汝幸雙健。天下人之不當死而死與不願離而離者，不可數計，鍾情如我輩者，能忍之乎？此吾所以敢**率性**就死不顧汝也。吾今死無餘憾，國事成不成自有同志者在。**依新**

已五歲，轉眼成人，汝其善撫之，使

xiào

之**肖**我。汝腹中之物，

吾疑其女也，女必像汝，吾心甚慰。

率性：任性。　**依新**：作者的兒子。　**肖**：像。

那可比死還要痛苦啊，（對此）又有甚麼辦法呢？今天我和你幸運地雙雙健在。天下的人們不應該死而死的和不願意離散而離散的，數也數不過來，像我們這樣富於感情的人，能忍受嗎？這就是我敢任性地去赴死不管你的原因。我今天死而無憾，國家大事成功與否自有同志們在。依新已經五歲，很快就會長大，你要好好撫養他，使他像我（一樣）。你肚裏的小孩，我猜測是個女孩，女孩必然像你，我心裏十分安慰。

日益精進

破鏡重圓

南朝陳代將要滅亡的時候，駙馬徐德言把一個銅鏡破開，跟妻子樂昌公主各藏一半，預備失散後當作信物，後來果然借這個信物使夫妻團聚。後來人們用「破鏡重圓」比喻夫妻失散或決裂後重又團圓。

或又是男，則亦教其以父志為志，則吾死後尚有二**意洞**在也。甚幸，甚幸！吾家後日當甚貧，貧無所苦，清靜過日而已。

⑥ 吾今與汝無言矣。吾居九泉之下遙聞汝哭聲，當哭相和也。吾平日不信有鬼，今則又望其真有。今人又言心電感應有道，吾亦望其言是實，則吾之死，吾靈尚依

bàng
依 **旁** 汝也，汝不必以無侶 悲。

意洞：林覺民的字，這裏指他自己。　**旁**：靠近。

也許又是個男孩，那也要教導他把父親的志向作為（自己的）志向，那麼我死後就還有兩個我在啊。萬幸，萬幸！我家日後必然非常貧窮，貧窮也沒有甚麼可怕的，清靜過日子也就是了。

6

　　我現在沒有甚麼話對你說了。我在九泉之下遠遠地聽到你的哭聲，也會用哭聲與你相應和。我平生不相信有鬼，現在又希望真能有鬼。現在人又說有心靈感應，我也希望他們的話是真的，那麼我死後，我的靈魂還可以戀戀不捨地靠近你，你不必因為沒有伴侶而悲傷。

日益精進

九泉

　　指人死後埋葬的地方，也借指陰間。古人打井打到深處，看到從黃土裏滲出黃色的泉水，因此以「黃泉」借指人死後埋葬的地方和陰間。另外，古人常以「九」表示極大、極多。他們迷信地認為人死後要去的「陰曹地府」在極深的地下，因此將「九」和「泉」相搭配，成為「九泉」。

7 吾平生未嘗以吾所志語汝，是吾不是處；然語之，又恐汝日日為吾擔憂。吾犧牲百死而不辭，而使汝擔憂，**的的** ^{dí dí}

的的 是真的嗎？ -YES- 非吾所忍。吾愛汝至，所以為汝謀者惟恐未盡。汝幸而**偶** 我，又何不幸而生今日之中國！吾幸而得汝，又何不幸而生今日之中國！卒不忍獨善其身。

的的：實在，的確。　**偶**：婚配，嫁給。

　　我平生未曾把我的志向告訴你，這是我不對的地方；但是說了，又怕你天天為我擔心。我犧牲一百次也不怕，但是使你擔憂，的確不是我所忍心的。我非常愛你，所以為你設想得唯恐不夠。你幸而嫁我，可又那麼不幸地生在今天的中國！我幸而娶了你，可又那麼不幸地生在今天的中國！說到底我是不忍獨善其身的。

ⓓ益精進

獨善其身

　　成語，出自《孟子・盡心上》。原指獨自修養身心，保持個人的節操。後指只顧自己、不管他人的個人主義處世哲學。

嗟夫！巾短情長，所未盡者，尚有萬千，汝可以模擬得之。吾今不能見汝矣！汝不能捨吾，其時時於夢中得我乎？一慟。辛未三月念六夜四鼓，意洞手書。

⑧ 家中諸母皆通文，有不解處，望請其指教，當盡吾意為幸。

巾：這封信寫在一條白布方巾上，故云。　**模擬**：想像，揣摩。　**一慟**：大慟。

辛未：應該是「辛亥」，即 1911 年。　**念**：俗同「廿」(niàn)，二十。　**四鼓**：四更天。

諸母：各位伯母、叔母。

唉！這條手絹很短，可（我的）情意很長，我沒有說完的，還有萬語千言，你可以自己去想像領會這些話。我如今不能見到你了！你不能忘掉我，那就時時在夢中尋找我好嗎？傷心啊。辛亥年三月二十六日夜晚四更天，意洞手書。

家裏各位伯母、叔母都通曉文字，有不懂的地方，希望（你）請她們指教，應該把我的意思了解透徹才好。

日益精進

鼓

古代夜間擊鼓報時，一夜報五次，「三鼓」「五鼓」就是「三更」「五更」。「更」是古代夜裏的計時單位，一夜分為五更，每更大約兩小時。

執子之手

普通話朗讀